Schuldig

- aus Mangel an Beweisen

Kommissar Brandauers erster Fall

Von Ralph Bruch

Buchbeschreibung:

Ein junges Paar verunglückt mit dem Wagen auf der Rückfahrt von einem Jazzkonzert im Schlosspark Neu Hardenberg auf der B167, nahe der polnischen Grenze und wird dadurch Zeuge eines Verbrechens. Der Umstand, dass beide den Unfall nicht überleben, hilft Kommissar Brandauer, den Fall der seit dem Festival vermissten zwanzigjährigen Wiebke Schirrmacher aufzuklären.

Über den Autor:

Selbstporträt
1990

Ralph Bruch, eigentlich Ralph Bruch-Sinnwell, Jahrgang 1954, studierte Informatik, Kunst und Psychologie in Berlin, war Lehrer und Schulleiter an einer Berliner Grundschule und widmet sich seit seiner Pensionierung vorrangig dem Schreiben, der Malerei und der Musik.

"Schuldig - aus Mangel an Beweisen" ist der erste Band aus der Reihe "Kommissar Brandauer ermittelt".

Bibliografische Information der Deutschen Nationalbibliothek:
Die Deutsche Nationalbibliothek verzeichnet diese Publikation in
der Deutschen Nationalbibliografie; detaillierte bibliografische
Daten sind im Internet über dnb.dnb.de abrufbar.

3. Auflage, 2025

© 2024 Ralph Bruch-Sinnwell
Verlag: BoD · Books on Demand GmbH, Überseering 33,
22297 Hamburg, bod@bod.de
Druck: Libri Plureos GmbH, Friedensallee 273, 22763 Hamburg

ISBN: 978-3-7693-1558-5

Prolog

Unser Wagen – oder besser gesagt das, was noch von ihm übrig geblieben war – lag gut vierzig Meter abseits von der B167 auf dem Acker. Für die Beamten in Uniform war nicht sofort ersichtlich, wie er dort hingekommen war. Spuren im vom Regen der letzten Tage immer noch durchweichten Lehmboden deuteten auf den ersten Blick darauf hin, dass er aus nicht erkennbarem Grund von der geraden Landstraße abgekommen sein musste und sich mehrfach überschlagen hatte, bevor er auf dem Dach zu liegen kam. Brems- oder Lenkspuren waren so gut wie nicht zu sehen.

Andere beteiligte Personen oder Fahrzeuge waren nicht am Unfallort, als unser anthrazitfarbener Toyota gegen zwei Uhr dreißig in der Nacht vom 14. auf den 15. August 2021 von einem vorbeifahrenden Verkehrsteilnehmer entdeckt wurde, der sofort die Feuerwehr alarmierte.

Wir, meine Frau Svenja, 37 und ich, Uwe Wertheimer, 39 waren auf dem Weg nach Hause und auf der Stelle tot – so dachte ich jedenfalls.

Kapitel 1

Brandauer war gerade erst eingeschlafen, als das Telefon klingelte. Es war das erste Mal, dass man ihn mitten in der Nacht wegen eines Verkehrsunfalls aus dem Bett geholt hatte. Allerdings war er auch erst seit einem knappen Jahr in Brandenburg.

Der 56-jährige Hauptkommissar hatte dort einen kleinen Hof, der etwas außerhalb von Alt Rosenthal lag, im September letzten Jahres von seinem Vater übernommen, der seit einer Coronaerkrankung in einem Seniorenheim lebte. Zum Bauernhaus gehörten eine Scheune, eine kleine Streuobstwiese und fünf Hühner.

Hier hatten seine Eltern in der Kindheit stets ihre Ferien verbracht, bis der Mauerbau es nicht mehr möglich machte. Er selbst hatte das Grundstück erst nach der Wende kennengelernt, nachdem sein Vater sich aus nostalgischen Gründen entschlossen hatte, es dem damaligen Besitzer abzukaufen.

Die Entscheidung, den Hof seines Vaters zu übernehmen, wurde ihm durch den Umstand erleichtert, dass in Bad Freienwalde zur gleichen Zeit eine Stelle frei wurde. Polizeihauptkommissar Gerhard war in Pension gegangen. Brandauer hatte kurz entschlossen seine Zelte in Süddeutschland abgebrochen und war hierher gezogen, um dessen Nachfolge anzutreten.

Es hatte eine Weile gedauert, bis man ihn hier akzeptiert hatte. Neuzuzüglern aus dem Westen begegnete man auch dreißig Jahre nach dem Mauerfall immer noch mit Skepsis. Aber der Umstand, dass Brandauer sehr bodenständig und frei von Allüren war, machten schnell eine gute kollegiale Zusammenarbeit möglich. Inzwischen konnte man sagen, dass sich freundschaftliche Beziehungen zu seinen Kollegen daraus entwickelt hatten.

Als er kurz nach drei Uhr in der Nacht den Unfallort erreichte, hatten bereits zahlreiche Einsatzfahrzeuge der Polizei und der Feuerwehr die Straße blockiert. Ihm blieb deshalb nichts anderes übrig, als seinen Landrover in einigem Abstand vom Unglücksort zu parken und die letzten hundert Meter zur Unfallstelle zu Fuß zurückzulegen. Seinen Hund ließ er im Wagen zurück.

Brandauer zündete sich eine Zigarette an, obwohl es dafür eigentlich noch viel zu früh war und sah sich um. Die Szenerie hatte etwas Gespenstisches.

Das Flackern des Blaulichts der zahlreichen Einsatzfahrzeuge ließ erahnen, dass sich hier erst vor Kurzem eine Tragödie abgespielt hatte. Erste Nebelschwaden hatten sich gebildet und versuchten, sich wie ein Leichentuch über die Szenerie zu legen. Als er der Unglücksstelle langsam näher kam, nahm er unverständliche Gesprächsfetzen aus den Sprechfunkgeräten, mit denen sich die Einsatzkräfte untereinander verständigten, wahr.

Feuerwehrleute waren gerade damit beschäftigt, ein Fahrzeug, das auf der linken Seite etwa 40 Meter vom Straßenrand entfernt im Lehmacker auf dem Dach lag, wieder auf die *Füße* zu stellen. Viel war nicht von ihm übrig geblieben. Das Objekt erinnerte eher an eine riesige Bierdose, die von einer kräftigen Hand zerquetscht achtlos weggeworfen wurde.

Im Vergleich zu den letzten Nächten war die Temperatur deutlich zurückgegangen. Es war eine wahre Erholung nach den schwülen Sommertagen der letzten Woche. Es gab kaum einen Tag, wo das Quecksilber in den Thermometern nicht bis zur 30-Grad-Marke geklettert war. Wobei es in den Nächten regelmäßig zu Gewittern mit teils ergiebigen Regengüssen kam. Die großen Pfützen, die morgens auf den Straßen standen, verdunsteten im Laufe des Tages unter der intensiven Sonneneinstrahlung fast vollständig, um in der Nacht wieder von Neuem anzuwachsen. Die feuchte Schwüle sorgte verlässlich dafür, dass einem der Schweiß auf der Stirn stand, auch ohne in irgendeiner Form aktiv gewesen zu sein.

Nun endlich konnte Brandauer wieder ruhigen Gewissens seinen Trenchcoat ausführen, ohne den er sich in den letzten Tagen irgendwie nackt gefühlt hatte. Den cremefarbenen Schal aus Viskose würde er wohl selbst in der Sauna nicht ablegen, vermuteten alle, die ihn kannten.

Als der Kommissar die Unfallstelle erreicht hatte, wurde eine der verunglückten Personen gerade von zwei Hilfskräften mit einer Plane bedeckt. Eine zweite

Person lag etwas abseits auf einer Vakuummatratze. Man hatte sie anscheinend noch nicht aufgegeben. Rettungssanitäter beugten sich in hektischer Betriebsamkeit über sie, um einen Zugang für eine Infusion zu legen, während der Notarzt das Unfallopfer intubierte. Noch erschloss sich ihm nicht recht, was hier passiert war.

Neben dem völlig zerstörten Unfallfahrzeug sah der Kommissar zwei Kollegen in Polizeiuniform stehen. Sie schienen ihm aus der Entfernung in der Dunkelheit von ihrer Statur her zunächst unbekannt.

Brandauer nahm die Hand schützend vor die Augen, als ihn das grelle Licht der Taschenlampe des einen Kollegen traf und rief ihnen zu:

»Grüß Gott, Kollegen, habt ihr die Straße schon abgesperrt?«

»Ist bereits veranlasst, Franz«, kam die prompte Antwort. Jetzt erst erkannte Brandauer seinen Kollegen wieder. War er schon vor dem Antritt seines Urlaubs leicht übergewichtig, so hatte er in den letzten drei Wochen noch einmal erheblich an Gewicht zugenommen.

»Ich frag nur, weil ich ungehindert passieren konnte, Jochen, und mir noch einige Fahrzeuge entgegenkamen.«

»Das können nur noch die gewesen sein, die wir wieder zurückgeschickt haben, Franz. Inzwischen sollte in Kunersdorf ein Einsatzfahrzeug stehen und den Verkehr über den Waldweg nach Vevais umleiten.«

»Sei mal so gut und leuchte ein bisschen tiefer. Ich komme mal zu euch rüber.«

Der Lichtkegel wanderte etwas tiefer. Das Licht reichte aus, um Brandauer zu zeigen, dass er sich mit seinen neuen Sneakern für das falsche Schuhwerk für diesen Einsatz entschieden hatte. Das schmatzende Geräusch, das entstand, wenn die Sohlen seiner Schuhe sich am Lehmboden festsaugten, bestätigte seine Befürchtung.

»Warum habt ihr mich eigentlich aus dem Bett geholt?«, wollte Brandauer wissen, während er storchengleich auf die beiden Beamten zu stakste. »Nur, damit ich mir hier meine schönen neuen Sneaker ruiniere? Sieht doch auf den ersten Blick wie ein ganz normaler Verkehrsunfall aus«, stellte er mit leidendem Gesichtsausdruck fest, als er bei den Kollegen angekommen war und sich seine Schuhe näher ansah.

Brandauer gab Polizeihauptmeister Brömel die Hand und tippte sich mit dem Finger an die Stirn, um den jüngeren Kollegen, der etwas abseits stand, zu grüßen. Dann ließ er die Hände wieder in seiner Manteltasche verschwinden.

»Hallo Franz. Was ist mit deiner Kollegin? Bist du allein gekommen?«, wollte Brömel wissen.

»Ich dachte mir, es reicht, wenn *einer* zu der unchristlichen Zeit um seinen wohlverdienten Schlaf gebracht wird.«

»Da hast du allerdings recht! Ich würde jetzt auch lieber neben meiner Hilde liegen.«

Dann stellte Brömel dem Kommissar seinen jüngeren Kollegen vor. Er hatte gerade seine Ausbildung begonnen und präsentierte sich heute an seinem ersten Tag mit sichtbarem Stolz in seiner neuen Uniform.

»Das ist Polizeimeisteranwärter Detlef Hansen«, sagte er und auf den Kommissar deutend: »Hansen, das ist Hauptkommissar Brandauer, ein begnadeter Spurenleser übrigens!«

In der Tat hatte sich Brandauer schon vor seinem Dienstantritt hier im Osten einen Namen als ausgezeichneter Fährtenleser gemacht. Der Ruf als Spürhund der Nation eilte ihm voraus. Er konnte von weitem Spuren im Boden deuten, die andere auch dann nicht erkannten, wenn man sie mit der Nase direkt draufgestoßen hätte. Diese Fähigkeit, verbunden mit seiner überdurchschnittlichen Kombinationsgabe, hatten ihn in Süddeutschland schon Fälle lösen lassen, an denen seine Kollegen vorher bereits verzweifelt waren.

Hansen, ein blonder Schlaks vom Typ eines jungen Marius Müller-Westernhagen, nahm seine Dienstmütze ab und nickte dem Kommissar artig zu.

»Hab schon viel von Ihnen gehört, Herr Hauptkommissar.«

Seine rechte Hand zuckte kurz nach vorn, doch dann merkte er, dass der Kommissar seine Hände in der Manteltasche hatte und zog sie wieder zurück. Brandauer sah ihn nur mit einem vorsichtig prüfenden Blick an und wandte sich dann wieder dem Älteren zu.

»Bist ja kaum wiederzuerkennen mit dem Bart, Jochen«, stellte er fest. »Steht dir aber. Wie war dein Urlaub?«

Der angesprochene Kollege strich sich lächelnd über seinen neuen Gesichtsschmuck: »Na ja, wir hatten etwas Pech mit dem Wetter – viel Regen!«

»Die österreichische Küche scheint dir jedenfalls gut bekommen zu sein«, konnte sich Brandauer nicht verkneifen und deutete dabei dezent auf den mehr als ausgeprägten Bauchansatz, den der Kollege aus dem Urlaub mitgebracht hatte.

»Ich fürchte, es war eher das leckere Bier. Wir mussten bei dem miesen Wetter ständig einkehren«, erwiderte der Kollege und versuchte dabei, seine Hose zu richten, die ihm etwas unter die Gürtellinie gerutscht war. »Muss zusehen, dass ich da wieder runterkomme. Hilde zieht mich auch jeden Tag damit auf.«

»Ist das dein erster Tag heute?«, hakte der Kommissar nach.

»Der zweite, Franz, der zweite!« Dann machte er mit der Rechten eine abwinkende Bewegung: »Aber ich bin schon wieder urlaubsreif.«

»Und was macht dich schon wieder urlaubsreif?«

»Du hättest die Unfallopfer sehen sollen, Franz. Sei froh, dass dir das erspart geblieben ist.«

»Also noch mal, warum habt ihr mich dazu geholt?«

»Ich brauche deine Spürnase. Irgendetwas sagt mir, dass es hier nicht mit rechten Dingen zugegangen ist.

Auch wenn ich dir nicht erklären kann, warum ich das Gefühl habe.«

Brömel richtete erneut seine Hose und gab seine bisherigen Erkenntnisse zum Besten.

»Auf den ersten Blick scheint es, als wäre niemand weiter an dem Unfall beteiligt gewesen«, begann er zu erklären. »Aber wenn du dir den Toyota mal genauer ansiehst, wirst du zu einem anderen Ergebnis kommen.«

Brömel ging während seiner Ausführungen in der Manier eines Ringers um den völlig zerstörten Wagen und zeigte auf den vorderen Teil der Beifahrerseite. Der Kommissar und der jüngere Kollege folgten ihm. Das Dach war völlig zerquetscht. Die rechte Seite war bis hinter die Vorderachse eingedrückt. Die junge Frau, die auf dem Beifahrersitz saß, hatte keine Chance.

»Der Beschädigung des Fahrzeugs nach ist der Wagen mit relativ hoher Geschwindigkeit gegen den Baum da geprallt.« Brömel zeigte auf die Pappel, die am Fahrbahnrand stand und erklärte weiter:

»Allerdings nicht mit der Frontpartie, wie man meinen sollte, sondern mit dem Dach voran. Der Wagen wurde dann nach links in die Luft geschleudert, kam da das erste Mal neben der Straße auf dem Acker auf und überschlug sich noch einige Male, bevor er hier endgültig zu liegen kam«, erläuterte der Polizist unter Zuhilfenahme seiner Arme und machte sich wieder auf den Weg zurück zur Straße. Hansen folgte ihm.

»Wie viele Insassen?«, wollte der Kommissar wissen.

»Zwei. Die Beifahrerin war auf der Stelle tot und der Fahrer wird nach jetzigem Stand wohl auch nicht durchkommen.«

»War Alkohol im Spiel?«

»Wissen wir noch nicht«, entgegnete Brömel und kraulte sich kneistend seinen neuen Vollbart.

»Vielleicht Sekundenschlaf«, überlegte Brandauer.

»Dachte ich auch zuerst«, antwortete Brömel. »Aber da würde man ja wohl kaum mit dem Dach voran den Baum umarmt haben, oder?«

»Da hast du allerdings recht, Jochen. Irgendwelche Spuren auf der Fahrbahn?«, fragte Brandauer nach, während er seine Kippe in den Acker schnippte und sich nur unwillig ebenfalls auf den Weg zurück zur Straße machte.

»Keine Bremsspuren, nur kurze Lenkspuren«, kam der Jüngere, der jetzt endlich seine Chance sah sich einzubringen seinem Vorgesetzten zuvor. »Und Splitter eines Scheinwerfers«, ergänzte er mit erhobenem Zeigefinger, »sowie Teile vom Stoßfänger des Unfallfahrzeugs etwa fünfzig Meter von hier. Vielleicht ist ihm ja ein Reh vor den Kühler gelaufen«, überlegte Hansen.

»Das kann man ausschließen, glaube ich«, entgegnete Brömel. »Wenn überhaupt, dann war es eine Wildschweinrotte. Du musst dir mal den Acker auf der anderen Straßenseite genauer ansehen, Franz.«

Brandauer versuchte noch, an einem Grasbüschel den Lehm, der sich an seiner Sohle festgesaugt hatte, wieder loszuwerden, als die anderen bereits auf dem Weg zu der Stelle waren, wo die Splitter lagen. Einer der Beamten in Weiß war gerade damit beschäftigt, davon Fotos zu machen.

»Sind die Splitter alle vom Unfallfahrzeug?«, wollte Brandauer wissen.

»Es sieht eher danach aus, dass noch ein zweites Fahrzeug an dem Unfall beteiligt war«, antwortete der Kollege von der Spusi, ohne seine Arbeit zu unterbrechen. »Auch die Spuren hier rechts neben der Fahrbahn sprechen dafür.«

»Und das ist es, was mir Kopfzerbrechen bereitet, Franz«, fuhr Brömel fort. »Es gab offensichtlich bereits hier auf der Straße einen Kontakt. Der Wagen scheint hier auf ein stehendes oder langsam fahrendes Fahrzeug aufgefahren zu sein und ist dann erst gegen den Baum geschleudert worden.«

»Demnach also ein Auffahrunfall mit Fahrerflucht«, schloss Brandauer aus der Bemerkung. »Dann hätten wir es unter Umständen mit fahrlässiger Tötung durch Unterlassen zu tun.«

»Davon müssen wir zum gegenwärtigen Zeitpunkt ausgehen, ja! Aber ich glaube, da ist noch mehr im Busch, Franz.«

Brömel kratzte sich erneut nachdenklich den Bart und es schien, als sollte dies eine neue Angewohnheit von ihm werden.

»Erzähl!«

»Kann ich noch nicht«, entgegnete Brömel und verzog das Gesicht. »Ist nur so ein Gefühl.«

»Der andere muss doch eigentlich auch was mitgekriegt haben«, überlegte Brandauer weiter. »Erstaunlich, dass der seine Fahrt noch fortsetzen konnte.«

»Wir vermuten, dass es sich bei dem Unfallgegner um ein größeres Fahrzeug handelte, einen Kleinlaster vielleicht« schaltete sich der Mann von der Spusi ein. »Jedenfalls deuten die Reifenspuren, hier rechts neben der Fahrbahn, darauf hin, dass es was Größeres war.«

Der Polizist nahm die Taschenlampe, die an seinem Ledergürtel befestigt war, zur Hand, schaltete sie an und leuchtete auf die Stelle, von der der Kollege eben sprach. Man erkannte deutlich die Spuren eines relativ breiten Reifens.

Brandauer bückte sich und sah sich die Spuren im Lehmboden genauer an.

»Der fuhr nicht. Er hat vorher mit der linken Seite auf der Fahrbahn gestanden und wurde erst durch den Aufprall vollständig nach rechts von der Straße geschoben. Wahrscheinlich wollte der Fahrer des Toyotas ihm in letzter Sekunde noch ausweichen und hat ihn dann mit der rechten Fahrzeugseite erwischt.«

Der Kommissar erhob sich wieder und alle drei gingen ein Stück weit in Fahrtrichtung weiter.

»Da vorne ist die Stelle, wo er auf die Straße zurückgefahren ist«, deutete er mit der Hand an. »Es *muss* ein Truck oder ein Pick-up gewesen sein, Jochen. Ohne Allrad wäre der hier gar nicht wieder rausgekommen.«

Brömel leuchtete mit der Taschenlampe in die Richtung, von der der Kommissar sprach. Die Reifenspuren, die vom Feld zurück auf die Straße führten, belegten, dass er mit seiner Vermutung wohl richtig lag.

Brandauer drehte sich ein Mal um die eigene Achse und sah sich um. Er stupste sich eine Zigarette aus seiner Schachtel und steckte sie in den Mundwinkel, ohne sie anzuzünden. Dann ging man wieder zu der Stelle, wo der Wagen gestanden haben muss, zurück.

»Warum stand der hier?«, überlegte er laut. »Hier ist doch nichts los.«

»Tja, das haben wir uns auch gefragt.«

»Vielleicht musste der Fahrer mal?«, schaltete sich Hansen ein und grinste dabei über das ganze Gesicht.

Brandauer zündete sich die Zigarette an und ging um das imaginäre Fahrzeug.

»Hm, ... da fährt also jemand rechts ran, um zu pinkeln, ... steigt aus seinem Wagen aus, ... stellt sich neben die Straße, ... und während er am Strullen ist, knallt ihm einer ins Heck?«

»Könnte doch sein?!«, erwiderte Hansen schulterzuckend.

»Dann wäre er wahrscheinlich durch den Aufprall umgeschmissen und vielleicht sogar unter seinem Fahrzeug begraben worden. Jeder normale Mensch hätte doch zum Pissen hinter seinem Wagen Deckung gesucht, um nicht im Scheinwerferlicht von vorbeifahrenden Verkehrsteilnehmern wie auf dem Präsentierteller zu stehen.«

Brandauer hatte zur besseren Illustration die Szene nachgespielt, allerdings ohne sich Erleichterung zu verschaffen. Der eher skeptische Blick von Brömel, der sich mit der Linken nachdenklich durch den Bart fuhr, verriet, dass auch er nicht so recht an diese Theorie glauben wollte. Doch sagte er nichts.

»Wie sicher kann man sich sein, dass hier noch keiner rumgelaufen ist und alle Spuren zertrampelt hat?«, wollte Brandauer wissen.

»Hier war noch keiner! Noch nicht mal die Spusi. Die sind noch mit dem Unfallfahrzeug und den Opfern beschäftigt.«

Brandauer schaltete, die Zigarette wieder im Mundwinkel, die Taschenlampenfunktion seines Smartphones ein und suchte den Bereich neben der Fahrbahn so lange nach Spuren ab, bis er fündig wurde.

»Hier hat auf alle Fälle jemand gestanden«, stellte er mit geübtem Auge fest. Brömel und Hansen traten dichter heran, beugten sich nach vorn und sahen sich fragend an.

»Ach ja?«, kam es wie aus einem Munde.

Dann ging Brandauer in die Hocke und schwenkte sein Smartphone langsam über dem Boden hin und her. Er erhob sich wieder und blickte suchend in die Dunkelheit, die nur vom Schein des flackernden Blaulichts rhythmisch erhellt wurde. Inzwischen hatte sich die Nebeldecke am Boden fast geschlossen. Das Licht seines Smartphones war nicht wirklich hilfreich, zumal die Umgebung inzwischen zusätzlich von den Rauchschwaden seiner Zigarette durchsetzt war.

»Gib mal deine Taschenlampe«, wandte er sich an Brömel und streckte ihm seine Hand entgegen. Der Polizeihauptmeister reichte ihm die Lampe und machte einen Schritt zurück auf die Straße.

»Wie geht das Scheißding an?« Brandauer sah sich die Lampe von allen Seiten an und suchte vergeblich nach einem Knopf oder Schalter.

»Drehen! Du musst drehen!«

Brömel zeigte mit dem kreisenden Zeigefinger auf den vorderen Teil der Lampe. Als er den hilfesuchenden Blick des Kommissars registrierte, riss er ihm die Lampe leicht genervt wieder aus der Hand, schaltete sie ein und gab sie ihm zurück.

Brandauer ließ den Lichtkegel der Taschenlampe, der selbst den Wald hinter dem Feld noch deutlich im jetzt allmählich abziehenden Zigarettenrauch erkennen ließ, über das Feld gleiten und sagte nach einer Weile:

»Sagenhaft!«

»Was ist sagenhaft?«

»Was diese kleinen Scheißdinger heutzutage für eine Power haben.«

Der Kommissar leuchtete mit der kleinen LED-Lampe in den Nachthimmel und kriegte sich vor Begeisterung gar nicht wieder ein.

»Wo kauft man so was?«

»Im Internet ... 7 Euro 99 ... inklusive Versand!«, klärte Brömel ihn auf.

»Sagenhaft!«

Brandauer machte noch ein paar hektische Bewegungen mit seinem neuen Lieblingsspielzeug, als wollte er mit einem Laserschwert auf Außerirdische losgehen. Dann besah er sich im Lampenschein seine Sneaker etwas genauer.

»Na super! Kann man eigentlich irgendwo einen Antrag stellen, dass einem die Schuhe ersetzt werden nach so einem Einsatz, Jochen?«

»Ich glaube nicht, Franz«, erwiderte sein beleibter Kollege lachend. Brandauer streckte seinem Kollegen den Arm, der die Taschenlampe hielt, entgegen:

»Kannst du mir auch so'n Ding besorgen, Jochen?«

»Klar!«

Brömel wollte gerade zugreifen, da leuchtete Brandauer noch ein Mal in den Acker und sagte:

»Ich möchte, dass hier keiner reingeht. Das hier war nicht einfach nur ein Unfall!«

»Sag ich doch! Aber was macht dich da so sicher?«, wollte Brömel wissen.

»Wenn wir uns bei Tageslicht, wenn der Nebel abgezogen ist, das Feld genauer ansehen, kann ich dir mehr sagen. Bis dahin sollten die Straße unbedingt gesperrt und der Bereich weiträumig abgeriegelt bleiben. Sorg bitte dafür, dass den Acker niemand betritt! ... Auch die von der Spusi nicht. Nicht bevor ich mir das morgen Vormittag angesehen habe.«

»Es soll noch Regen geben in den nächsten Stunden«, gab Brömel mit einem Blick in den Nachthimmel zu bedenken.

»Mist! Egal, da geht keiner vor mir rein!«

Brandauer leuchtete in den Acker und ging im Schein der Taschenlampe langsam die Straße in die Richtung, aus der beide Fahrzeuge gekommen waren, zurück. Er hatte schon fast seinen Landrover erreicht, da blieb er stehen und untersuchte den Fahrbahnrand, so gut es in der Dunkelheit möglich war. Plötzlich bückte er sich.

»Ist das hier Blut?« Lediglich ein paar fingernagelgroße rostbraune Flecken waren am Fahrbahnrand zu sehen.

»Dann war es vielleicht doch Wildwechsel?«, mutmaßte der junge Polizeimeisteranwärter.

»Aber welcher Hirsch hat breite Reifen und Rücklichter, Hansen?«

Brandauer erhob sich wieder und suchte mit der Taschenlampe die Umgebung vergeblich nach Kadaverresten, von einem Igel oder irgendwelchem Federvieh ab.

»Und sollten Sie doch recht haben, Hansen, wurde das Tier nur angefahren und konnte fliehen«, entgegnete der Kommissar, »sonst hätten wir hier ne größere Sauerei.«

»Sehe ich auch so«, sagte Brömel und dann, an Hansen gerichtet: »Laufen Sie doch mal zum Auto und holen Sie ein paar Hütchen.«

»Aye, aye, Sir!« Hansen machte seinen Kotau und eilte zum Polizeifahrzeug.

»Aber das passt doch vorne und hinten nicht, Jochen. Der streift hier ein Wild, um fünfzig Meter weiter mit einem Truck zu kollidieren?«

»Ich sag doch, hier stimmt was nicht«, wiederholte sich Brömel.

Der Kommissar schlug sich mit der flachen Hand gegen die Stirn.

»Andersrum wird ein Schuh draus, Jochen. Der Truckfahrer ist mit dem Wild kollidiert und ist rechts rangefahren, um den Schaden zu begutachten, und dann ist ihm der Toyota hinten reingefahren.«

»Das macht allerdings Sinn«, gab ihm Brömel recht. Keine zwei Minuten später stand Hansen mit einigen mit Ziffern versehenen Leitkegeln unter dem Arm wieder da und überreichte den mit der ‚1‘ seinem Vorgesetzten. Brömel postierte den Kegel neben der Stelle, wo der Kommissar das Blut entdeckt hatte.

»Nehmen Sie Ihr Notizbuch und notieren Sie, Hansen: 1 – Blutflecken.«

Der Kommissar hatte sich inzwischen die nähere Umgebung weiter angesehen. Er bückte sich erneut und griff in die Seitentasche seines Mantels. Wenig später angelte er mithilfe seines Kugelschreibers einen vormals weißen Leinenschuh aus dem Gestrüpp, rechts neben der Fahrbahn.

»Gucken Sie mal hier, Hansen, der Hirsch hatte nicht nur Allrad und Rücklicht, sondern trug auch noch Leinenschuhe.«

Brömel musste sich das Lachen verkneifen und hielt sich die Hand vor den Mund, damit sein Schützling es nicht merkte. Hansen schien nicht sehr erbaut zu sein, dass der Kommissar seine Bemerkung über einen vermeintlichen Wildwechsel ins Lächerliche zog.

»Die Spusi soll sich die Flecken und den Schuh mal genauer ansehen«, sagte Brandauer, »und falls es Menschenblut ist, am besten gleich einen DNA-Abgleich machen.«

Er hielt den Schuh so lange hoch, bis Brömel begriffen hatte, dass er auf einen Asservatenbeutel wartete. Die hatte Brömel stets vorrätig in seiner linken Jackentasche. Während er den Schuh langsam in einen der Plastikbeutel gleiten ließ, fragte er:

»Warum gleich 'nen DNA-Abgleich, Franz?« Der Polizist stellte den zweiten Kegel dort ab, wo der Kommissar eben den Schuh gefunden hatte.

Hansen hatte den auffordernden Blick seines Vorgesetzten verstanden und notierte: 2 – Turnschuh (rechts).

»Damit wir das Blut später einwandfrei zuordnen können. Der Schuh und das Blut haben was mit dem Unfall zu tun, sagt mir meine Spürnase.« Brandauer tippte sich mehrfach mit dem Zeigefinger an die Nase und erhob sich wieder.

Plötzlich hörte man in der Ferne ein Motorengeräusch, das schnell näher kam und sich rasch zu einem ohrenbetäubenden Lärm entwickelte, der eine weitere Unterhaltung unmöglich machte.

Ein unvermittelter Windstoß verteilte die Nebelschwaden in alle Richtungen. Der Hubschrauber, der den Lärm und den Wind verursachte, leuchtete die Stelle am Boden aus, wo er zu landen beabsichtigte und bereits wenige Sekunden später setzte er direkt neben dem Unfallfahrzeug auf. Zwei Sanitäter überführten den schwer verletzten Fahrer des Unfallfahrzeugs auf der Trage liegend in den Hubschrauber, während der Notarzt, der eine Infusionsflasche hielt, versuchte, mit ihnen Schritt zu halten.

Dann sah man plötzlich auf der gegenüberliegenden Straßenseite Hansen über das Feld rennen, der verzweifelt bemüht war, seine Dienstmütze wieder einzufangen, die eine Böe erwischt hatte. Jedes Mal, wenn er sie greifen wollte, flog sie ein Stück weiter.

Er hatte sie gerade erwischt und hielt sie triumphierend hoch, da startete der Hubschrauber wieder und die dadurch erzeugte Druckwelle riss ihm erneut die Mütze aus der Hand. Nach etwa zwanzig Sekunden war der Spuk vorbei. Der Hubschrauber war weg und Hansen hatte seine Mütze endgültig wieder und klopfte sie freudestrahlend an seiner Hose ab.

»Das war ja 'ne Glanzleistung Kollege«, rief Brandauer ihm ungehalten zu. »Ich halte hier Vorträge, dass vor mir niemand den Acker betreten soll, und Ihnen fällt nichts Besseres ein, als ausgerechnet da mit Ihrer Dienstmütze Einkriege zu spielen.«

Schlagartig verschwand das Lachen aus seinem Gesicht. Er sah verunsichert von einem Kollegen zum anderen. Auch Brömel rollte mit den Augen.

»Tut mir leid!«, entgegnete Hansen kleinlaut.

»Na ja, shit happens!«, versuchte Brömel die Situation zu entkrampfen. »Gehen Sie bitte und stellen Sie den ersten Kegel wieder an die richtige Stelle. Den hat's ein ganzes Stück nach hinten verschoben.«

Und dann wieder an den Kommissar gerichtet: »Sei nicht so streng mit ihm, Franz. Ist sein erster Tag heute und er gibt sich große Mühe.«

»Wär aber nicht schlecht, wenn er dabei sein Gehirn einschalten würde.«

»Warum bist du überhaupt davon überzeugt, dass das Blut was mit dem Unfall zu tun hat?«

»Weil die Flecken noch keine zwei Stunden alt sind, also etwa zum Zeitpunkt des Unfalls dort entstanden. Vielleicht erfahren wir über sie sogar mehr über den genauen Zeitpunkt und den Ablauf des Unfalls. Die interessantere Frage bleibt allerdings die, warum der Mensch, der hier angehalten hat, nicht die Feuerwehr gerufen hat, sondern einfach weitergefahren ist«, überlegte Brandauer laut. »Er muss doch mitgekriegt haben, dass hier Menschen lebensgefährlich verletzt worden sind.«

»Vielleicht hatte er selbst was getrunken?«, bemerkte Hansen, der inzwischen wieder zurück war. Man spürte, dass der junge Kollege die Gelegenheit nutzen wollte, sein Missgeschick wieder gut zu machen und seinem Vorgesetzten beweisen wollte, dass er der richtige Mann am richtigen Ort war. Er sah immer wieder zu Brömel hinüber, um dessen Reaktion zu beobachten.

»Wäre denkbar, aber so viel könnte ich gar nicht trinken, dass ich deshalb zwei Menschen sterben lassen würde. Zumal, wenn ich den Unfall nicht selbst verschuldet habe«, entgegnete der Kommissar.

»Eine andere Möglichkeit wäre, dass er das angefahrene Wild, so es denn eins war, gerade auf den Truck geladen hatte und damit abhauen wollte, aber dann hätte er doch wahrscheinlich zumindest anonym die Feuerwehr informiert.«

»Vielleicht hatte er kein Handy?«, überlegte Hansen weiter.

»Das halte ich eher für unwahrscheinlich! Wie lange ist das jetzt her?«

Brömel sah noch auf die Uhr, da antwortete Hansen schon wie aus der Pistole geschossen: »Wir wurden um 2 Uhr 23 benachrichtigt. Wann sich der Unfall ereignete, wissen wir allerdings nicht.«

»Wer hatte euch informiert?«

»Die Kollegen von der Freiwilligen Feuerwehr«, antwortete Brömel. »Und die wurden kurz zuvor von einem Verkehrsteilnehmer in Kenntnis gesetzt, der hier vorbei fuhr und das Flackern der Rücklichter von dem verunfallten Fahrzeug bemerkte.«

»Aus welcher Richtung kam der? Vielleicht ist ihm ja unser Truckfahrer begegnet?«

»Leider nicht. Er kam aus der gleichen Richtung wie der Truck und unsere Unfallopfer.«

»Wo ist der Mann jetzt?«

»Sitzt gerade bei den Kollegen im Bulli und macht seine Aussage. Ist völlig fertig!«, antwortete Brömel.

Brandauer zückte sein Smartphone, sah auf die Uhr und dachte laut nach:

»Wir haben jetzt kurz nach drei. Wenn er wirklich kein Handy hatte, hätte er bis jetzt genug Zeit gehabt, auf anderen Wegen die Feuerwehr zu informieren. Wenn bis jetzt keine Unfallanzeige eingetrudelt ist, muss er andere Gründe gehabt haben, den Unfall nicht zu melden und den Unfallort einfach zu verlassen.«

»Klären Sie das mal ab, Hansen!«, ordnete Brömel an.

»Aye, aye, Sir!« Der Polizeimeisteranwärter steckte sein Notizbuch in die Brusttasche, schlug die Hacken zusammen und machte eine Kehrtwende.

»Und lassen Sie dieses alberne ‚*Aye, aye, Sir!*‘. Wir sind hier weder im englischen Königreich noch auf hoher See«, rief Brömel ihm noch nach und schüttelte lachend den Kopf.

»Wir sollten uns das Ganze noch einmal genauer bei Tageslicht ansehen«, schlug Brandauer dem Kollegen vor. »Für heute habe ich genug gesehen.« Er tippte sich mit dem Zeigefinger an die Stirn und verabschiedete sich, um zu gehen.

Brömel hielt ihm lächelnd die offene linke Hand entgegen. Brandauer sah erst die Hand und dann ihn an und fragte sich, ob man sich neuerdings mit der Linken verabschiedet oder was Brömel von ihm wollte.

»Meine Taschenlampe. Du hast noch meine Taschenlampe!«

Kapitel 2

Das Ensemble, das den Abschluss auf dem Jazzfestival im Schlosspark bildete, hatte gerade *Round Midnight* angestimmt, als ich überlegte, ob ich mir noch ein drittes Bier gönnen sollte. Ein Blick auf die Uhr zeigte mir, dass die Gruppe für die Wahl des Stückes ein gutes Timing bewies. Gleichzeitig war mir auch klar, dass dies nicht viele Besucher bemerkt haben werden. Nur die wenigsten hatten sich im Laufe des Abends als Jazzliebhaber geoutet.

Man benahm sich eher wie auf einem Volksfest. Jugendliche hatten sich nach und nach einen Bereich auf der Wiese erkämpft, wo sie eine Frisbeescheibe kreisen ließen. Und solange die Lichtverhältnisse es zugelassen hatten, tollten Kinder juchend herum. Schlugen Purzelbäume, dort wo Platz war, oder spielten lautstark Fangen, ohne von den Eltern gemaßregelt zu werden. Versuche von anderen Besuchern, erzieherisch einzuwirken, wurden mit verständnislosen Blicken der Eltern quittiert.

Die gleichen Eltern redeten und lachten völlig ungeniert, selbst während eines Solos, und klatschten – wenn überhaupt – zu den unmöglichsten Gelegenheiten, um es dann, wenn es angesagt war, zu unterlassen. Was wollte man da von ihren Kindern erwarten. Mit der Zeit hatte ich mich jedoch daran gewöhnt und sah mich eher mit der Frage konfrontiert, ob ich mit meinen mittlerweile neununddreißig Jahren schon ein Spießer bin, weil ich mich an der puren Lebensfreude anderer störte.

Mit fortschreitender Dunkelheit war es erträglicher geworden. Die Eltern, die mit Kindern gekommen waren, waren inzwischen entweder gegangen oder hatten ihnen irgendein elektronisches Spielzeug in die Hand gedrückt, um sie ruhigzustellen. Jedenfalls bekam man von den Darbietungen inzwischen deutlich mehr mit.

Ich liebe *Round Midnight,* auch wenn ich schon bessere Interpretationen hören durfte. Eigentlich hätte das Stück deutlich getragener gespielt werden müssen. Aber vielleicht wollten die Jungs schnell nach Hause. Was will man auf einer Veranstaltung mit freiem Eintritt schon erwarten. Es sollte wohl gleichzeitig der Rausschmeißer sein, denn kaum hatten sie das Stück beendet, schraubte der Saxofonist seinen S-Bogen ab und begann, sein Instrument zu reinigen.

Das Publikum im Schlossgarten reagierte erst, als es mitbekam, dass die Musiker zusammenpacken wollen. Erster zaghafter Beifall ließ sich hören, der sich langsam zu steigern begann und schließlich in einem übertrieben frenetischen, nicht enden wollenden Applaus gipfelte. Und das nicht etwa, weil die Gruppe einen so beeindruckenden Auftritt hingelegt hatte, sondern allein weil es die letzte Gruppe war, die gespielt hatte, und niemand Lust hatte, diesen wunderbar lauen Sommerabend so abrupt enden zu lassen.

Die Mitglieder des Quartetts sahen sich verwundert an. Vermutlich kannten sie das Gefühl gar nicht, eine Zugabe geben zu müssen. Sie steckten die Köpfe zusammen, strahlten über das ganze Gesicht und verbeugten sich überschwänglich. Und weil das nicht half, begannen sie schließlich zu beratschlagen, was sie noch vortragen könnten. Offensichtlich gab ihr Repertoire nicht mehr viel her. Dann fand man anscheinend etwas, richtete die Instrumente wieder und spielte weiter.

Nach der zweiten Zugabe meinten die Musiker des Ruppiner-Jazz-Quartetts, ihre Schuldigkeit nun endgültig getan zu haben. Der Beifall ebbte allmählich ab, nachdem auch bei den letzten Zuhörern die Hoffnung geschwunden war, das Tuch der eh schon kostenlosen musikalischen Darbietung noch weiter auswringen zu können.

Es war die letzte von fünf Gruppen, die hier im Rahmen der Brandenburgischen Kulturtage aufgetreten war und noch für einen halbwegs würdigen Abschluss des Programms gesorgt hatte.

Die meisten Besucher blieben noch eine Weile auf dem Rasen sitzen. Es war die erste Nacht seit Langem, in der es nicht regnen sollte. Man leerte die angefangenen Getränke noch und diskutierte über das Dargebotene oder das, was man vielleicht lieber gehört hätte.

Etwa eine halbe Stunde später, als auch die Musiker ihr Equipment bereits zusammengeräumt und die kleine provisorische Bühne verlassen hatten, erhob man sich nach und nach vom Rasen des Schlossparks. Man rollte im Lichtschein der Handys die Picknickdecken zusammen, packte die Überreste der langen musikalischen Nacht in Körbe, Taschen oder Beutel zurück und strömte, vielfach Hand in Hand, gemächlichen Schrittes dem Ausgang des Schlossparks entgegen.

Auch meine Liebste und ich packten unsere sieben Sachen zusammen und erhoben uns.

»Was für eine wunderschöne laue Sommernacht«, flötete Svenja, sah empor in den Sternenhimmel und drehte übermütig mit gespreizten Armen eine Pirouette.

»Stimmt!«, gab ich ihr recht. Ich war so bepackt, dass ich einfach weiterging, und auf Tanzeinlagen verzichtete. »Wie fandest du die letzte Gruppe?«, fragte ich sie.

»Na ja, du weißt ja, dass Jazz nicht so mein Ding ist. Aber die Atmosphäre insgesamt war toll. Wie spät ist es eigentlich?«

»Keine Ahnung! Guck selbst auf dein Handy. Ich habe gerade keine Hand frei.«

Svenja griff in ihre Gesäßtasche und holte ihr Smartphone hervor: »Kurz vor eins!«

»Geht ja noch. Ich dachte, es wäre sogar schon später.«

Wir hatten inzwischen den Ausgang erreicht und versuchten, uns zu erinnern, wo wir den Wagen geparkt hatten.

»Ich glaube, wir müssen hier lang«, sagte ich leicht irritiert, weil sich jetzt mitten in der Nacht das Gelände völlig anders präsentierte als gestern, tagsüber. Es war alles zugeparkt. Man hatte in Ermangelung von Alternativen jeden Millimeter genutzt, um seinen Wagen abzustellen, ohne Rücksicht auf Verluste.

»Na das wird ja noch lustig! Bin gespannt, wie wir hier rauskommen sollen«, dachte ich laut.

»Wenn wir unseren Wagen überhaupt finden«, gab meine Liebste zu bedenken.

Die, die ihren Wagen bereits gefunden hatten, waren größtenteils am Fluchen. Entweder wegen des zu erwartenden Chaos bei dem anstehenden Versuch, das Gelände geordnet zu verlassen, oder weil die Stadtverwaltung jedem ein Knöllchen verpasst hatte.

»Na klasse!« Jetzt hatte auch ich unseren Strafzettel in der Hand. »Da locken sie einen mit freiem Eintritt hier her, um einen auf diese Weise abzuzocken.«

»Wie teuer?«

»25!«

»Geht ja noch.«

»Ärgern tut es mich trotzdem.«

Wir packten die Sachen in den Kofferraum, stiegen ein und schnallten uns an.

»Wie viel hast du eigentlich getrunken, Uwe?«

»Nicht viel, drei Bier.«

»Soll ich nicht lieber fahren? Ich hab nur zwei Gläser Wein getrunken.«

»Nee, lass mal gut sein«, erwiderte ich. »Zwei Gläser Wein enthalten auch nicht viel weniger Alkohol als drei Flaschen Bier.«

Ich startete unseren Toyota und versuchte, uns einen Weg durch das Labyrinth der anderen Aufbrechenden zu bahnen. Es war ein bisschen wie Autoscooterfahren, nur dass man darauf bedacht war, die anderen nicht zu touchieren.

Offensichtlich herrschte allgemeine Unklarheit darüber, ob in einer derart unübersichtlichen Situation eher die Straßenverkehrsordnung, im Sinne eines Rechts vor Links, oder ein Reißverschlusssystem zu einem erfolgreichen Ergebnis führen würde. Schon nach wenigen Metern ging nichts mehr.

»Soll ich dir mal was sagen, Svenja, ich hab eigentlich keinen Bock auf das Chaos. Wollen wir nicht wieder zurückgehen und noch ein bisschen in den Himmel gucken, bis die anderen hier abgezogen sind?«

Svenja schnallte sich ab, beugte sich zu mir herüber und gab mir einen Kuss. »Liebling, das ist die beste Idee, die du seit Langem hattest.«

Ich lächelte ihr zu, suchte mir eine gerade freigewordene Lücke und parkte den Wagen unter einer Laterne wieder ein. Ich griff nach der Tüte mit den Goldbärchen, die im Handschuhfach lag, nahm unsere Decke, zwei Gläser und die angefangene Flasche Rotwein und dann zogen wir gegen den Strom wieder zurück in den Schlosspark. Es war eine gute Entscheidung. Es dauerte nicht lange und wir waren fast allein in der großzügig angelegten Parkanlage.

Das Licht, das noch bis vor Kurzem die kleine Bühne beleuchtet hatte, hatte man endlich ausgeschaltet. Unsere Augen gewöhnten sich schnell an die Dunkelheit und nach und nach nahmen wir immer mehr Sterne am wolkenlosen Himmel wahr.

Nur der Lichtschein einer kleinen Taschenlampe oder eines Handys, etwa fünfzig Meter von uns entfernt, verriet, dass da noch jemand war. Die Art, wie der Lichtpunkt den Boden des Schlossparks abscannte, ließ vermuten, dass hier jemand etwas suchte. Eine Viertelstunde später steuerte das Licht in mäandernden Bewegungen langsam dem Ausgang entgegen und war plötzlich verschwunden.

Lang ausgestreckt und die Arme hinter dem Kopf verschränkt blickte ich nun schon einige Zeit wie paralysiert in den Nachthimmel. Svenja hatte sich eng an mich geschmiegt, weil es langsam kühler wurde. Der Blick, der sich uns bot, war, jetzt wo alle Lichtquellen um uns herum erloschen waren, einmalig. Auch Motorengeräusche waren allmählich nicht mehr zu hören. Stattdessen nahm ich ganz schwach das letzte Zirpen einiger werbender Grillen aus der Ferne wahr.

»Erklär mir wieder die Sterne, Schatz«, flüsterte Svenja und schmiegte sich noch enger an mich.

»Och, Svenja, die kennst du doch inzwischen alle.«

»Ich vergesse es halt immer! Ist das da der Große Wagen?« Sie deutete mit dem Zeigefinger ihrer rechten Hand irgendwo in den Sternenhimmel.

»Nee, Schatz, der ist hinter uns. Da müssten wir uns den Hals verrenken, wenn wir den sehen wollten. Ich will mir jetzt nicht den Hals verrenken. Wir liegen gerade so schön.«

»Was ist denn das da für einer?«, wollte sie wissen.

»Ich weiß es nicht, Schatz. Ich kenne auch nicht alle Sterne. Wahrscheinlich ist es sogar ein Planet.«

Im gleichen Augenblick flog eine Sternschnuppe über das Himmelsgewölbe und kurz darauf gleich noch eine.

»Hast du das gesehen?«, rief Svenja begeistert.

»Das sind die Perseiden, Schatz. Die sieht man immer Anfang August.«

»Wie ... immer im August? Wenn so eine Sternschnuppe runtergefallen ist, kann sie doch nicht nächstes Jahr wiederkommen.«

Ich musste lachen. Verkniff es mir aber, denn eigentlich hatte sie ja recht.

»Es sind natürlich nicht die gleichen, sondern jedes Mal andere Sternschnuppen. Aber sie gehören halt zur gleichen Staubspur, die ein Komet verursacht, dessen Bahn wir immer Anfang August kreuzen.«

»Hast du dir auch was gewünscht?«, wollte sie wissen.

»Aus dem Alter bin ich raus, Schatz.«

»Och Mann, du bist kein bisschen romantisch.«

»Stimmt.«

In die Stille hinein hörte ich Svenja nach einer Weile sagen:

»Liebling, das ist ja alles wunderschön, aber du weißt schon, dass sich deine Mutter in einigen Stunden zum Brunch eingeladen hat? Und ich muss noch einiges vorbereiten.«

Ich schnellte wie von der Tarantel gestochen hoch und schlug mir mit der flachen Hand gegen die Stirn.

»Verdammt, das hab ich ja völlig vergessen.« Ich zückte mein Handy und sah auf die Uhr. Gleich zwei. »Wann wollte sie kommen?«

»Um halb zehn!«

»Dann nichts wie los, ist eh ganz schön frisch geworden!«

Wir sprangen auf, packten alles zusammen, vergewisserten uns noch einmal, dass wir nichts liegengelassen hatten, und liefen zügig zu unserem Wagen. Diesmal mussten wir nicht lange suchen. Der anthrazitfarbene Toyota stand mit Ausnahme eines roten Kleinwagens, der etwas vergessen wirkte, mutterseelenallein am Straßenrand.

»Wenigstens haben wir jetzt freie Bahn und werden zügig vorankommen«, sagte ich und verstaute die leere Weinflasche und die Gläser so im Kofferraum, dass sie während der Fahrt nicht klapperten. Dann klemmte ich mich hinter das Steuer, legte den Gurt an und startete den Motor.

»Das ist aber kein Grund zum Rasen!«, ermahnte mich Svenja, kaum dass ich die erste Kurve genommen hatte.

»Ich ras doch noch gar nicht!«, versuchte ich mich zu verteidigen und verstärkte innerhalb der nächsten Minuten Stück für Stück den Druck auf das Gaspedal, in der Hoffnung, dass sie es nicht bemerken würde.

Es war kein Auto weit und breit zu sehen. Alle anderen Festivalteilnehmer waren längst zu Hause und einen anderen Grund, sich um diese Uhrzeit ins Auto zu setzen, gab es hier auf dem Land nicht. Langsam breitete sich Bodennebel aus.

Vorsichtshalber schaltete ich die Nebelschlussleuchte ein, brauchte allerdings dafür einige Minuten. Ich konnte mich nicht erinnern, ob ich sie zuvor jemals benutzt hatte. Jedenfalls gingen dem einige Fehlversuche voraus, weil ich zunächst eine Reihe von Knöpfen drückte, die mit der Nebelleuchte nichts zu tun hatten.

Besser sehen konnte ich dadurch allerdings nicht. Ich versuchte, mir mit Fernlicht eine bessere Sicht zu verschaffen, aber das war noch schlimmer. Also blieb mir nichts anderes übrig, als mich zu konzentrieren. Ab und zu blickte ich hinüber zu Svenja, ob sie meinen Fahrstil noch akzeptierte oder ihr schon die Gesichtszüge entgleisten. Sie schlief!

Ich hielt mir die Hand vor den Mund, um meinen Atem zu checken. ‚Vielleicht sollte ich doch lieber einen Fisherman's nehmen‘, überlegte ich. ‚Wer weiß, ob unsere Polizei so ein Festival nicht dafür nutzt, die Betriebskasse etwas aufzufrischen.‘

Ich öffnete das Handschuhfach und fingerte mit der rechten Hand nach der kleinen Blechdose. Ich hatte sie schon fast erwischt, da flutschte sie mir wieder durch die Finger. Also löste ich kurz den Sicherheitsgurt, um besser hinlangen zu können. Ich machte einen langen Arm und war einen Moment lang abgelenkt.

Als ich wieder auf die Straße sah, war es bereits zu spät. Ich versuchte, das Steuer noch nach links zu reißen, es gab einen fürchterlichen Knall, der unseren Wagen von der Straße katapultierte. Der Wagen hob von der Fahrbahn ab und krachte mit dem vorderen Teil des Dachs gegen einen Baum. Alles drehte sich wie verrückt und dann hörte ich nur noch das Geräusch, der sich langsam frei drehenden Hinterräder. Schließlich hörte ich auch das nicht mehr.

Kapitel 3

Wiebke hatte gefühlt den halben Schlosspark abgesucht, als sie ernüchtert aufgab. Noch ein letztes Mal ließ sie das Taschenlampenlicht ihres Smartphones über die Stelle des kurz geschnittenen Schlossparkrasens wandern, wo sie glaubte gesessen zu haben, dann machte sie sich gefrustet auf den Weg zurück zu ihrem Auto.

Doch bereits nach wenigen Metern hielt sie inne und drehte sich mit dem Handy in der Hand mehrmals um ihre eigene Achse. Hatte sie wirklich hier gesessen? Das Licht, das bis vor Kurzem noch die Bühne beleuchtet hatte, war inzwischen ausgeschaltet worden, das ihres Smartphones zu schwach, um die Umgegend so zu erleuchten, dass sie auch nur ansatzweise etwas erkennen konnte.

Von einem Pärchen, dass etwas abseits verschlungen im Rasen lag und wahrscheinlich die Sterne betrachtete abgesehen, war sie die Einzige, die noch da war. Alle anderen Besucher des Konzerts hatten den Schlosspark längst verlassen.

Der einzige Bezugspunkt, den sie hatte, war die Bühne. Aber jetzt, im Dunkel, ohne die Menschen verlor man jedes Gefühl für Entfernungen.

Wiebke erinnerte sich noch genau daran, wie sie ihren Autoschlüssel in ihre rechte Jackentasche getan hatte. So, wie sie es immer tat. Die Jacke hatte sie dann im Laufe des Abends ausgezogen und neben sich auf den Rasen gelegt.

Theoretisch hätte er dabei aus der Jackentasche gerutscht sein können. Aber dann hätte sie ihn eigentlich spätestens sehen müssen, als sie ging. Denn schon da hatte sie vorsichtshalber noch einmal einen Blick auf den Boden geworfen.

Nur ein Mal hatte sie während der ganzen Zeit ihren Platz kurz verlassen, um sich an einer der Buden eine Crêpe zu holen, erinnerte sie sich jetzt. Aber hatte sie da ihre Jacke liegengelassen? Wahrscheinlich. Kleingeld, um die Crêpe bezahlen zu können, hatte sie ja in der Bauchtasche gehabt. Sollte ihr bei der Gelegenheit jemand den Schlüssel entwendet haben? Aber warum? Wer klaut schon den Autoschlüssel von einem Clio? Außerdem war der Wagen ja noch da. Das machte keinen Sinn.

Auch rund um ihren Wagen hatte sie bereits mehrfach alles abgesucht, bevor sie sich entschlossen hatte, noch einmal zu ihrem Platz zurückzukehren und gründlicher nachzusehen. Hätte sie das nur gleich getan. Jetzt stand sie den Tränen nahe mitten im Schlosspark und wusste nicht mehr weiter.

Wiederholt scannte sie den Boden auf dem Weg zu ihrem Auto ab. Obwohl ihr klar war, dass sie wahrscheinlich auf einem ganz anderen Weg den Park verlassen hatte. Sie hatte längst jede Orientierung verloren. Jedes Mal, wenn im Rasen etwas Silbernes aufblitzte, keimte die Hoffnung neu auf, nur um gleich wieder in Frust umzuschlagen, weil es nur ein Kronkorken war, der im Licht reflektierte.

Als sie sich vor dem Schloss umsah, war ihr kleiner roter Clio das einzige Fahrzeug weit und breit, außer einem dunklen Toyota, der etwas weiter abseits unter einer Laterne stand. Auf dem Display ihres Smartphones erschien inzwischen der Hinweis, dass sie nur noch wenig Akkuleistung hat. Kurz darauf schaltete sich die Taschenlampenfunktion selbsttätig aus. Dann plötzlich auch das Handy. Das war's! Jetzt konnte sie nicht einmal mehr Hilfe holen.

Sich im Dunklen zu Fuß auf den Weg nach Hause zu machen, war keine Option. Sie wäre bis Bad Freienwalde mindestens drei Stunden auf der B167 unterwegs gewesen. Und das in panischer Angst. Auch die Wahrscheinlichkeit, dass um diese Zeit ein Auto sie hätte mitnehmen können, war mehr als unwahrscheinlich. Abgesehen davon, dass sie Skrupel gehabt hätte, mit jemand Fremdem mitzufahren.

Noch einmal leerte sie sämtliche Taschen und legte alles nebeneinander aufs Autodach. Die Autoschlüssel jedoch waren nicht dabei. Gefrustet steckte sie alles wieder in ihre Taschen zurück.

Dann fiel ihr das Pärchen ein, das noch im Park lag. Wahrscheinlich gehörte ihnen der Wagen, der unter der Laterne parkte, dachte sie sich.

Wiebke überlegte, ob sie noch einmal in den Park zurückgehen sollte, um die beiden anzusprechen. Vielleicht würden sie ja in die gleiche Richtung fahren und könnten sie mitnehmen.

Das Pärchen jetzt, wo es allein war, zu stören, behagte ihr allerdings nicht. Sie kramte in ihrer Bauchtasche nach den Zigaretten, zündete sich eine an und lehnte sich mit verschränkten Armen an ihr Auto. Es wurde langsam kühl. Irgendwo in der Ferne waren zwei Katzen in Streit geraten und fürchterlich am Keifen. Ein Blick in die Fenster der benachbarten Häuser zeigte, dass hier im Ort alles schlief.

Wären die Umstände andere gewesen, hätte man von einer romantischen Stimmung sprechen können. Die Stille der sternenklaren Nacht wurde nur noch gelegentlich vom Zirpen einiger Grillenmännchen durchbrochen, die ihre Vorderflügel werbend aneinander rieben, um die Weibchen anzulocken.

In der Stadt würde Wiebke, so wie sie da stand, jetzt wahrscheinlich die Männer anlocken, weil sie in ihrem kurzen Sommerkleid, mit der Zigarette in der Hand ein Bild abgab, als wäre sie käuflich. Aber jetzt scherte sie sich nicht darum. Es war ja niemand da, der etwas von ihr hätte wollen können – leider.

Sie hatte sich den Verlauf des Abends komplett anders vorgestellt, hatte so große Hoffnung in ihn gesetzt. Es war das erste Mal, dass sie sich mit jemandem verabredete, den sie auf einer Datingplattform im Internet kennengelernt hatte.

Seit Tagen hatte sie diesem Abend entgegengefiebert. Voller Erwartung hatte sie sich in ihrer Fantasie immer wieder ein Bild von ihm gemacht und war gespannt, ob es sich in der Realität bewahrheiten würde. Zwei Jahre älter als sie sollte er sein, mit schulterlangem, blondem Haar und sportlich, sehr sportlich.

Beim Einschlafen ertappte sie sich in letzter Zeit immer wieder dabei, wie sie sich vorstellte, neben ihm zu liegen und mit ihrer Hand über seinen muskulären Körper zu streichen.

Dann allerdings fragte sie sich immer wieder, warum er nicht bereit war, ihr ein Foto von sich zu schicken. Wo er doch längs eins von ihr hatte. Vielleicht hatte er ja Angst, ihr nicht zu gefallen. Vielleicht sah er ja gar nicht so gut aus, wie sie es sich ausgemalt hatte.

Sie war den ganzen Abend nur damit beschäftigt, die Besucher des Festivals zu beobachten. In der Hoffnung, ihn in der Menge ausfindig zu machen. Aber die meisten waren zu zweit oder in kleineren Gruppen da und die, die allein waren, entsprachen nicht ansatzweise seiner Beschreibung.

Es schien ihr, eine gute Idee gewesen zu sein, sich hier auf dem Jazzfestival zu treffen. Es wäre völlig zwanglos gewesen. Man hätte einfach der Musik zuhören können, falls man festgestellt hätte, dass man sich wider Erwarten nichts zu sagen hatte. Aber dazu kam es nicht, denn er kam nicht.

Für sieben war man verabredet gewesen. Bis halb acht hatte sie am Eingang zum Schlosspark vergeblich gewartet. Dann hatte sie sich gefrustet irgendwo einen Platz auf dem Rasen unweit der Bühne gesucht und immer wieder erwartungsvoll auf ihr Handy gestarrt. Aber es tat sich nichts.

Eine Zeit lang versuchte sie sich etwas vorzumachen; dass ihm etwas dazwischen gekommen war, dass ihm vielleicht sogar etwas zugestoßen sei. Aber dann hätte er sich bei ihr gemeldet, war ihr klar. Anrufen konnte sie ihn nicht, weil sie seine Nummer nicht hatte.

Auch das fiel ihr erst jetzt auf. Er hatte ihr Foto und ihre Handynummer. Sie hatte nichts von ihm. Wusste nicht einmal seinen richtigen Namen. Als ‚Schatzsucher‘ hatte sie ihn kennengelernt. Sein Benutzername hatte sie sofort angesprungen, weil sie sich bereits bei der ersten Kontaktaufnahme durch ihn wertgeschätzt fühlte.

Jetzt fühlte sie sich verarscht und war mehr als sauer, auf ihn. Auf ihn, auf sich und alle Ungerechtigkeiten dieser Welt.

Nun stand sie da. Ungeküsst und ohne ihre Autoschlüssel und wartete auf das Pärchen, das wahrscheinlich gerade all das tat, was sie sich für diesen Abend erhofft hatte.

Wiebke schreckte auf, als plötzlich der Motor eines Wagens gestartet wurde. Der satte Sound eines starken V8-Motors vertrieb urplötzlich auch den letzten verbliebenen Hauch von Romantik. Das Licht der Scheinwerfer, die plötzlich die Nacht zum Tag machten, blendete Wiebke durch die Rauchschwaden ihrer Zigarette hindurch.

Sie wollte schon spontan die Arme hochreißen, um auf sich aufmerksam zu machen, doch irgendetwas hielt sie davon ab. Wahrscheinlich war es das Motorengeräusch. Es klang wenig vertrauenserweckend, hatte etwas Martialisches. Sie wand sich abrupt ab, warf die Zigarette auf den Boden und trat sie aus.

Der Wagen hatte sich langsam in Bewegung gesetzt und kam kaum merklich auf sie zu. Wiebke stellte sich verunsichert mit dem Rücken zur Fahrbahn vor die Fahrertür ihres Clios und tat so, als wollte sie die Tür gerade aufschließen. Als der Wagen, ein schwarzer Truck, fast auf ihrer Höhe war, wurde er noch langsamer und hielt schließlich an. Ein Surren verriet, dass sich das Seitenfenster der Beifahrertür langsam nach unten bewegte.

»Kann man helfen?«

»Nee, danke, alles gut!« Wiebke hob beschwichtigend den linken Arm, ohne sich umzudrehen, und fingerte mit ihrem imaginären Autoschlüssel im Türschloss rum.

»Scheint mir eher nicht so«, hörte sie eine männliche Stimme aus dem Fahrerhaus. Dann wurde der Motor abgeschaltet und ein älterer Mann, etwa um die fünfzig, beugte sich über den Beifahrersitz aus dem Fenster zu ihr.

»Ich hab Sie beobachtet. Sie haben gar keine Autoschlüssel, stimmt's? Sie waren vor einer halben Stunde schon mal hier, haben alles abgesucht und eben auch. Sie haben die Schlüssel verloren, oder?«

»Okay, stimmt. Aber ich komm schon klar. Danke! Ich nehme mir ein Taxi.«

Wiebke wusste nicht so recht, was sie von dem Typen halten sollte. Die Stimme des Mannes klang unverstellt rechtschaffen. Der Umstand, dass er sie beobachtet hatte, eher nicht. Sein schmales Gesicht war im Dunkeln nur als Silhouette zu erkennen.

»Okay, dann wart ich so lange. So hübsche junge Frauen sollte man um die Uhrzeit nicht allein auf der Straße rumstehen lassen.«

»Ist nett gemeint, aber nicht nötig.« Wiebke tat so, als tippe sie eine Nummer in ihr Smartphone ein und hielt es anschließend an ihr Ohr. Sie tippelte von einem Bein auf das andere und wand sich unruhig hin und her.

»Ja, hallo! Ich hätte gern einen Wagen zum Schloss Neuhardenberg. Ich stehe direkt davor auf der Straße ... fünf Minuten? ... ja, ist gut. Ich warte.« Sie beendete das Gespräch und steckte das Handy zurück in ihre Bauchtasche.

»Schauspielerin?«

Wiebke runzelte die Stirn und nahm den Kopf zurück, weil sie nicht wusste, was der Mensch von ihr wollte.

»Na ja, erst tun Sie so, als wollten Sie Ihr Auto aufschließen. Jetzt tun Sie so, als würden Sie telefonieren? Sie sollten Ihr Handy besser vorher einschalten, wenn Sie telefonieren möchten. Aber wahrscheinlich ist der Akku inzwischen alle, weil Sie die Taschenlampe zu lange benutzt haben.«

Der Typ kratzte sich in den schwarzen Locken und verzog verschmitzt das Gesicht.

,*Wie hatte er das alles mitgekriegt?*‘, überlegte Wiebke und sah ihn mit großen Augen fragend an.

»Das Display! Es blieb dunkel, während Sie so taten, als würden Sie eine Nummer tippen.«

Wiebke stemmte die Arme in die Hüften.

»Blödsinn!«

»Ach ja? Nun, sonst hätte ich Ihnen mein Handy anbieten können.« Er hielt ihr sein Telefon hin, aber sie griff nicht zu, sondern verschränkte die Arme und wandte sich ab.

»Ich könnte Sie aber auch mitnehmen, falls Sie Richtung Wriezen wollen.«

Das Angebot war mehr als verlockend, weil sie genau in diese Richtung musste und weil es langsam kalt wurde. Sie wandte sich ihm wieder zu und machte einen Schritt nach vorn, um ihren vermeintlichen Retter näher in Augenschein zu nehmen.

Der merkte, was sie wollte und schaltete die Innenbeleuchtung seines Führerhauses ein, um besser gesehen zu werden. Dazu grinste er über beide Backen und hob die Hände wie jemand, der sich ergeben möchte.

Das alles und die Tatsache, dass er ihr sein Handy angeboten hatte, gab Wiebke das Gefühl, dass sie ihm vertrauen konnte.

»Ich muss bis nach Bad Freienwalde.«

»Na dann springen Sie rein«, antwortete er freudestrahlend, »das liegt ja genau auf meinem Weg.«

Er machte ihr die Tür von innen auf und sie stieg ein.

Kapitel 4

Als ich wieder zu mir kam, erhob ich mich langsam und sah mich um. Der Raum, in dem ich mich befand, mutete äußerst steril an. Das Mobiliar bestand nur aus einem Bett auf Rädern und medizinischen Geräten und Monitoren, die an fahrbaren Gestellen befestigt waren.

An galgenartigen Ständern hingen an einem Haken auf den Kopf gestellte Flaschen, aus denen Flüssigkeiten in kleine durchsichtige Zylinder tropfte, die über Schläuche mit dem Körper eines Menschen verbunden waren. Dieser lag bewegungslos, mit einem weißen Tuch bedeckt, auf dem fahrbaren Bettgestell. Eine Maschine sorgte dafür, dass sein Herz schlug, eine andere, dass das Kohlendioxid aus seiner Lunge gepresst wurde.

Obwohl ich mich nicht erinnern konnte, jemals hier gewesen zu sein, wusste ich, dass ich mich auf der Intensivstation eines Krankenhauses befand. Ich wusste sogar, in welchem und hätte aus dem Gedächtnis einen Plan zeichnen können, der aufs Genaueste die Lage der einzelnen Abteilungen im Haus wiedergegeben hätte.

Allerdings war mir völlig unklar, warum ich hier eigentlich war. Arbeitete ich hier? Wollte ich jemanden besuchen? Ich hatte keine Blumen dabei. Hatte ich die vergessen? Mir fiel ein, dass es direkt neben dem Haupteingang einen kleinen Laden gab, wo ich notfalls noch welche kaufen konnte, sofern mir wieder einfallen würde, wen ich eigentlich besuchen wollte.

Ich verließ den Raum und fand mich kurz darauf in einem anderen Stockwerk und einer anderen Abteilung wieder. An den Wänden des Flurs hingen in regelmäßigen Abständen Bilder, die Patenten gemalt hatten, die hier für längere Zeit untergebracht waren.

Drei junge Ärzte gingen an mir vorbei, ohne meinen Gruß zu erwidern, weil sie in ein Fachgespräch vertieft waren. Ich hatte kurz überlegt, ob ich sie ansprechen sollte. Aber was hätte ich sie fragen sollen? *‚Entschuldigung, können Sie mir vielleicht sagen, warum ich hier bin?‘*

In dem Moment fiel mir auf, dass ich nicht einmal meinen eigenen Namen wusste. Die Namen der anderen waren mir durchaus bekannt, nur mein eigener nicht. Ich hielt inne und überlegte angestrengt. Was sollte das? Was hatte das zu bedeuten? War ich dement? War ich deshalb hier? Gehörte ich zu den Leuten, die man eigentlich hätte fixieren müssen, damit sie nicht aus der Klinik ausbüchsen. Weil sie sonst nicht wieder zurückfinden würden?

Und dann kam Stück für Stück die Erinnerung an den letzten Abend zurück: der Besuch des Festivals, der Blick in den Sternenhimmel mit Svenja im Arm, die Fahrt zurück mit dem Auto. Svenja war eingeschlafen, der Griff ins Handschuhfach – und dann der Knall.

Wir hatten nachts im Nebel einen Truck gestreift, der nur unzureichend beleuchtet am Rand einer Landstraße stand und uns überschlagen. Sie hatte sich bestimmt dabei verletzt, war mir plötzlich klar. Deshalb war ich also hier.

Dann also doch Blumen. Margeriten mochte sie am liebsten. Am besten sollte ich einen ganz großen Strauß nehmen, beschloss ich. Damit würde ich ihr ein Lächeln auf ihr hübsches Gesicht zaubern. Für mich gab es nichts Schöneres, als Svenja lächern zu sehen.

Den Weg hinunter zum Blumenladen hätte ich mir allerdings sparen können. Er hatte nicht geöffnet. Mittagszeit. Ich machte mich also ohne Blumen auf die Suche nach ihr. Die Dame im Empfang war leider nicht bereit, mir Auskunft zu geben, wo sich ihr Zimmer befand. Sie reagierte nicht einmal. Obwohl ich mehrfach an die Scheibe klopfte, hielt sie es nicht für nötig von ihrer Zeitung aufzusehen.

Sie war zu sehr mit ihrem Kreuzworträtsel beschäftigt: 4 waagerecht: *Heilkunst (griech.)*, sechs Buchstaben. Sie kam nicht drauf. Was heißt, *sie kam nicht drauf.* Sie wusste es nicht. Ich wusste es. LATRIK! Ich wusste auch, dass sie es nicht wusste. Ich hatte das Gefühl, ich wusste alles. Nur wo Svenja war, wusste ich nicht.

Wahrscheinlich wird sie auf der Inneren liegen, dachte ich und machte mich auf den Weg zum Fahrstuhl. Auf dem Gang war hektische Betriebsamkeit zu beobachten. Besucher begleiteten ihre Angehörigen im Bademantel zur Cafeteria oder in den Park, um

dort mit ihnen eine Runde zu drehen und ein Schwätz-
chen zu halten. Eine ältere Dame war allein unterwegs
nach draußen, um vor der Eingangstür eine Zigarette
zu rauchen. Und das, obwohl sie gerade erst einen
Infarkt überstanden hatte. Selbst das wusste ich. Aber
woher wusste ich das alles? Ich wusste über jeden
Patienten, der mir begegnete Bescheid, als hätte ich
seine Patientenakte auswendiggelernt. Auch die Ärzte,
denen ich in den Fluren begegnete, kannte ich alle.
Mit Namen und studierter Fachrichtung sogar. Man
hätte mich sogar zu ihren Familienverhältnissen
befragen können. Selbst wann ihre nächste Steuer-
vorauszahlung fällig gewesen wäre und in welcher
Höhe, hätte ich beantworten können.

Es war, als wäre ich Teil eines universellen
Gehirns gewesen, das alles jemals Gedachte abgespeichert und abrufbar hatte. Ich konnte mir jede Frage
ohne Zeitverzögerung selbst beantworten. Aber
warum wusste dieses Gehirn nicht, wo meine geliebte
Svenja war?

Ich fragte den einen oder anderen Arzt oder Pfleger
im Gang und im Fahrstuhl nach ihr, aber alle igno-
rierten mich durchweg. Allerdings sahen sie allesamt
aus, als seien sie sehr beschäftigt und in Eile, was sie
wiederum entschuldigte.

Ich wollte einem Pfleger, der mir mit einem
Pflegebett entgegenkam, die Tür aufhalten, aber sie
öffnete sich automatisch. Insofern hatte auch er keinen
Grund, auf mich zu reagieren. Letztlich war ich schon
zufrieden, dass man mich nicht daran hinderte, eigene

Nachforschungen anzustellen. Ich konnte ungehindert in alle Räume eintreten und mich umsehen. Selbst in solchen, die für gewöhnlich verschlossen und für die Öffentlichkeit nicht zugänglich waren.

Mit der Zeit wurde mir jedoch klar, dass die Suche sinnlos war – weil meine Liebste hier gar nicht war. Sonst hätte ich sie längst gesehen. Hätte gewusst, wo sie liegt. Hätte nicht andere fragen müssen.

Jetzt, wo ich nicht mehr von dem Gedanken getrieben war, Svenja finden zu müssen, sah ich mich wieder in der Lage, an mich zu denken. Und so fiel mir auf, dass noch niemand hier im Krankenhaus auf mich reagiert hatte.

Man war mir nicht ausgewichen, wenn man mir begegnete. War im Fahrstuhl nicht zusammengerutscht, um mir noch den Zutritt zu ermöglichen. Man sah mich entweder gar nicht an oder sah durch mich hindurch. So jedenfalls kam es mir vor. Allerdings gab es auch keine Probleme dadurch. Es kam weder zu Rempeleien noch zu Gedränge. Ich nahm überhaupt keinen Platz in Anspruch, fiel mir auf. Weder auf dem engen Gang noch im überfüllten Fahrstuhl. Ich war einfach da. War ich da? War ich überhaupt? *Cogito ergo sum* – ich denke, also bin ich, hatte Descartes gesagt. Sollte er etwa irren?

Ich sah an mir runter, um zu sehen, wie ich gekleidet war. Aber da war nichts. Ich streckte meine Arme aus und drehte die Handflächen mehrmals. Nichts! Nicht etwa, dass ich nackend gewesen wäre. Mein Blick ging ins Leere. Ich war fassungslos. Wie ist so was möglich? Ein Spiegel! Ich brauche einen Spiegel, dachte ich. Am Ende des Gangs gab es eine Besuchertoilette, erinnerte ich mich. Ich hatte den Gedanken kaum zu Ende gedacht, war ich auch schon dort.

Der Blick in den Spiegel begrub auch die letzten Zweifel. Es gab mich überhaupt nicht. Kein Wunder, dass die Menschen nicht reagierten. Ich existierte nur in meiner Vorstellung. Erst jetzt fiel mir auf, dass ich die ganze Zeit aus einer völlig ungewohnten Perspektive auf alles sah. Eher von oben her, als würde ich, von einer unsichtbaren Kraft gehalten, durch den Raum schweben.

Jetzt war mir alles klar – ich träumte! Eine andere Erklärung gab es nicht. Ich kannte diesen Zustand aus meiner Kindheit. Da wurde mir im Schlaf häufig bewusst, dass ich träumte. Ich genoss diesen Zustand. Wollte ihn stets auskosten. Dinge tun, die ich sonst nie tun konnte und auch nie getan hätte. In der Regel überkamen mich dann Suizidfantasien. Ich hetzte endlos lange Treppen hinauf, nur um mich vom Dach eines Hochhauses in die Tiefe zu stürzen. Oder ich stellte mich mit ausgebreiteten Armen vor einen heranrasenden Zug, um mich von ihm überfahren zu lassen. Den Aufprall und meinen eigenen Tod hab ich leider nie erlebt, weil meine Mutter mich stets zu früh geweckt hatte. Nur eines war anders als in all meinen bisherigen Träumen – die Allwissenheit. Die schier grenzenlose Weisheit. Ich kam mir vor wie das fleischgewordene Internet – nur ohne Fleisch.

Auch jetzt waren Wände und Türen für mich kein Hindernis. Treppen waren sogar überflüssig, um von einer Etage in die andere zu gelangen. Aufzüge eigentlich auch. Diese Art, einen Ortswechsel vorzunehmen, die keiner aktiven Bewegung bedarf, war mir trotzdem so vertraut, dass ich mich fragte, warum ich nicht schon viel früher von dieser Fähigkeit Gebrauch gemacht hatte. Ich dachte mich sozusagen von einem Ort zum anderen und war im Nu dort.

Im Augenblick hatte ich mich in den Raum wieder zurückgedacht, in dem ich anfangs gewesen war. Zwei Schwestern und ein Anästhesist, Dr. Parke, waren mit dem Patienten beschäftigt, der schon vorhin dort gelegen hatte.

Die eine, der beiden Schwestern, Schwester Ingeborg, hatte ein Verhältnis mit dem jungen Arzt. Außer dessen Frau wusste es eigentlich jeder. Auch ich. Sowohl die Ärzte untereinander als auch die Schwestern prahlten über ihre Errungenschaften. Es war eine Art Challenge hier im Hause, wer mit wem gerade was zu Laufen hatte. Der Anästhesist griff sich die Patientenakte, die am Fußende des Krankenbettes lag, warf einen Blick auf die Monitore und sagte:

»Ich glaub langsam nicht mehr daran, dass wir den noch mal zurückholen.« Er hatte seine Brille abgenommen und fing an, auf dem Bügel zu kauen. »Obwohl er die Not-OP ja eigentlich ganz gut überstanden hat. Aber mehr können wir für ihn im Augenblick nicht tun. Zu dumm, dass wir nicht wissen, ob er Organspender ist.«

Er setzte die Brille wieder auf und schob sie mit dem Zeigefinger den Nasenrücken hoch.

»Hat man immer noch keine Verwandten auftreiben können?«

»Soviel ich weiß, nicht. Seine Frau lebt nicht mehr und die Mutter ist nicht zu Hause«, antwortete die andere der beiden Schwestern.

»Fragen Sie noch mal nach. Ich möchte die Geräte, wenn es so weit ist, erst abschalten, wenn wir die Gewissheit haben, dass er kein Spender ist. Wäre wirklich schade um das Herz und die Nieren. Die meisten anderen Organe sind ja leider nicht mehr zu gebrauchen.«

Dann verließen sie den Raum und überließen den Patienten seinem Schicksal. Ich zoomte etwas an ihn heran und sah ihn mir genauer an. Sein Gesicht war ganz schön zugerichtet, als wäre er in eine üble Schlägerei geraten.

Die Augen waren verquollen und blutunterlaufen. Es war erstaunlich, welche Farben die Haut eines Menschen zu produzieren im Stande war. Der Kiefer war gebrochen und Teile davon saßen nicht mehr dort, wo sie hingehörten. Mein Gott, dachte ich. Mit dem armen Kerl hätte ich nicht tauschen mögen.

Den Rest des Schädels zierte ein dicker, weißer Verband. Nur der Hals lag ein stückweit frei. Ein kleines Tattoo war zu erkennen, das genauso aussah wie das, das Svenja und ich uns zu unserer Verlobung hatten stechen lassen.

Ich konnte den Schriftzug genau lesen – *4 ever Svenja*.

War da etwa jemand auf die gleiche Idee gekommen, wie wir damals? *‚Das ist ja ein Ding!‘*, dachte ich im ersten Augenblick. Doch dann kam mir die Sache komisch vor. Ich warf einen Blick auf seine Patientenakte und erstarrte. Ich brauchte eine ganze Weile, bis ich begriffen hatte, was hier los war.

Der mit dem Tattoo war ich! Und dass ich in der Lage war, mich selbst außerhalb meines Körpers zu beobachten, war kein gutes Zeichen. Ich war gar nicht am Träumen. Offensichtlich hatte ich den Unfall nicht überlebt.

So ist das also, wenn man Tod ist, dachte ich. Oder kämpfte ich noch darum, zu überleben? Hatte ich deshalb noch das sichere Gefühl, da zu sein? Wenn dem so ist, wollte ich diesen Kampf nicht widerstandslos aufgeben. Nicht bevor ich Svenja gefunden hatte.

Ohne es irgendwie beeinflusst zu haben, entfernte ich mich plötzlich mit rasender Geschwindigkeit von meiner Leibeshülle. Um mich herum wurde es stockdunkel. Ich hatte das Gefühl, von einer unbestimmten Kraft, mit dem Kopf voran, durch einen Tunnel gezogen zu werden.

Begleitet wurde dieser Vorgang von einem unangenehmen, lauten Geräusch. Es klang wie ein nicht enden wollender Paukenschlag oder Posaunenton. Und dann wurde es plötzlich still. Die Dunkelheit schwand und wich einem Licht von unermesslicher Strahlkraft.

War ich schon vorher völlig schmerzfrei, trotz meiner umfangreichen Verletzungen, empfand ich nun ein Wohlgefühl von noch nie erlebtem Ausmaß. Ich hatte schlagartig kein Bedürfnis mehr, meinen Unfall zu überleben, und wollte nur noch im Hier und Jetzt sein. Das hier konnte nur das Paradies sein. Wenn es auch alles übertraf, was ich jemals davon gehört und stets als Unfug belächelt hatte.

Vor mir tat sich eine leuchtendgrüne Wiese auf, deren dichtes langes Gras sich wie in Zeitlupe hin und her bewegte. Vom Horizont her, der nicht wirklich einer war, bewegte sich eine Frauengestalt in einem weißen Gewand schwebend auf mich zu. Schon, als sie nur stecknadelkopfgroß war, erkannte ich, dass es Svenja war. Ich hatte sie endlich gefunden. Sie hatte den Unfall offensichtlich auch nicht überlebt und ich war fast froh darüber.

Jetzt, wo ich wusste, dass sie hier war, war alles gut, um nicht zu sagen – perfekt. Das Lächeln, das sie mir schenkte, war von einer Güte, dass mir sofort klar war, warum ich diese Frau so liebte. Sie war die Liebe pur.

Aber etwas stimmte nicht. Wir konnten uns nicht in den Arm nehmen, obwohl ich nach Kräften versuchte, gedanklich mit ihr zu verschmelzen. Irgendetwas stand zwischen uns. Wir konnten auch nicht miteinander reden, wussten andererseits genau, was der jeweils andere gerade dachte, fühlten die Gedanken des anderen sozusagen.

Ich spürte sie denken: »Hallo mein Schatz, was machst du hier?«

»Ich habe dich gesucht, Liebes«, dachte ich.

»Du darfst aber noch nicht hier sein!«

»Warum nicht? Was soll ich noch drüben, wo ich jetzt weiß, dass du hier bist?«

»Du hast noch etwas Wichtiges zu erledigen, bevor du kommen darfst.«

»Was sollte das sein?«, wollte ich wissen. Ich war total irritiert, dass sie mich offensichtlich nicht bei sich haben wollte.

»Du musst erst noch die junge Frau retten. Ohne deine Hilfe wird sie sterben. Erst dann darfst du zu mir kommen. Ich warte auf dich so lange!«

Daraufhin lächelte sie und verschwand, wie sie gekommen war. Und mit ihr verschwand alles Wohlgefühl. Es wurde wieder dunkel um mich herum. Ich hatte das Gefühl, wieder durch den endlos langen Tunnel, durch den ich gekommen war, zurückzufliegen. Begleitet wurde dieser Vorgang von dreidimensionalen Bildern aus meinem Leben, die in Lichtgeschwindigkeit an mir vorbeirasten.

In erster Linie zeigten die Bilder Menschen, mit denen ich zu Lebzeiten zu tun hatte. Wobei mir das, was ich mit ihnen erlebt hatte, so gezeigt wurde, als sähe ich es mit ihren Augen und als fühlte ich es mit ihren Gefühlen. Das war einerseits sehr irritierend aber andererseits auch sehr aufschlussreich.

Mir wurde im Nachhinein vieles klar, was ich in dem Augenblick, als ich es erlebt hatte nicht oder nicht richtig verstanden hatte. Würde man als Lebender über einen solchen Grad an Empathie verfügen, gäbe es auf der Welt keine Konflikte.

Dann schließlich erlebte ich den Autounfall noch einmal. Ich sah uns im aufziehenden Nebel auf den Truck zufahren, der am Straßenrand geparkt war. Und mir war auf einmal klar, warum ich ihn übersehen hatte. Das linke Rücklicht war defekt. Für mich sah es so aus, als würde neben der Fahrbahn ein Moped stehen. Der Fahrer des Wagens stand leicht gebeugt seitlich hinter seinem Fahrzeug und hob schützend die Arme. Vielleicht, weil er von den Scheinwerfern unseres Wagens geblendet wurde oder aber, weil er das Unheil bereits kommen sah. Auf der Heckklappe des Wagens erkannte ich das Emblem des Fabrikats.

Und jetzt sah ich eine junge Frau. War das die Frau, der ich helfen sollte? Sie lag zusammengekrümmt auf der Ladefläche des Trucks unter einer schweren Plane. Es ist schon erstaunlich, über welche Fähigkeiten man als Verstorbener verfügt, dachte ich. Obwohl es Nacht war und die junge Frau unter einer dicken, dunklen Lkw-Plane lag, konnte ich alle Details an ihr deutlich erkennen. Ihr rechtes Knie blutete stark. Ihr Kleid war zerrissen und völlig mit Schlamm bedeckt. Sie schien zu schlafen oder war sie gar tot?

Unmittelbar darauf sah ich, wie im Zeitraffer festgehalten, unseren Wagen ungebremst den Truck streifen. Er wurde nach links geschleudert und krachte mit dem Dach voran gegen eine Pappel, die am Fahrbahnrand stand. Ich sah, wie der Beifahrer-Airbag aufsprang, um gleich darauf sofort, von einem spitzen Metallteil durchbohrt, zu platzen. Seine Fetzen flogen Svenja um die Ohren, noch bevor der Airbag seine schützende Wirkung entfalten konnte.

Dann sah ich unseren Toyota sich auf dem Acker mehrfach überschlagen. Der Wagen schaukelte auf dem Dach liegend noch ein paar Mal hin und her wie das Pendelgewicht eines alten Regulators und dann war es totenstill. Lediglich die Hinterräder drehten sich leicht quietschend noch eine Weile.

Der Fahrer des Trucks stand noch einige Sekunden wie paralysiert auf der Fahrbahn. Seinen Wagen hatte es durch den Aufprall einige Meter nach rechts neben die Fahrbahn in den Straßengraben katapultiert. Er sah sich sein Fahrzeug genauer an, um sich zu vergewissern, dass die Hinterachse keinen Schaden genommen hatte, sprang in den Wagen und setzte seine Fahrt fort. Ich sah ihm noch eine Weile nach und erkannte eine Aufschrift auf der Heckklappe, selbst in der Dunkelheit.

Svenja bewegte sich nicht mehr. Und auch ich schien den Aufprall nicht überlebt zu haben. Oder war da doch noch ein Funken Leben in mir? Etwas schien in mir gegen den Tod anzukämpfen.

»Du musst erst noch die junge Frau retten!«, hatte sie zu mir gesagt. »Erst dann kannst du zu mir kommen.«

Ich spürte, wie mein Körper mich wieder in sich aufnahm. Wenn ich es genauer beschreiben sollte, würde ich sagen, ich wurde durch den Mund wie ein Flaschengeist eingesogen und war fortan wieder ich, mit all den Schmerzen, die ich vorher nicht hatte.

Kapitel 5

Brandauer hatte eine unruhige Nacht hinter sich. Der Unfall auf der B167 hatte ihn noch so lange beschäftigt, dass er erst kurz vor Sonnenaufgang eingeschlafen war. Als er auf den Wecker sah, war es kurz nach acht. Er quälte sich aus dem Bett und schleppte sich ins Bad.

Der, der ihm dort im Spiegel begegnete, war ihm nicht sonderlich sympathisch. Er fuhr sich mit nassen Händen ein Mal durchs Gesicht und durch die Haare und putzte sich flüchtig die Zähne. Das musste an Hygienemaßnahmen vorerst reichen.

Noch im Morgenmantel schnappte er sich den Eierkarton und stattete seinen Hühnern einen Besuch ab, um ihnen ihre Nachkommenschaft zu rauben. Rolex, sein Weimaraner begleitete ihn dabei. Die Eier lagen in der ganzen Scheune verteilt und er musste aufpassen, nicht auf sie zu treten. Dann zog er sich an und schnappte sich Schal und Trenchcoat.

Die Temperatur sollte heute wieder die 30-Grad-Marke erreichen und man hätte den Mantel eigentlich auch zu Hause lassen können. Aber ohne seinen Trenchcoat fühlte sich Brandauer irgendwie nackt. Er hätte auch nicht gewusst, wohin mit den ganzen Utensilien, die sich im Laufe der Zeit in seinen Taschen angesammelt hatten.

Auf dem Weg zum Kommissariat hielt er am Kiosk an, holte sich die *Märkische Oderzeitung* und steckte sie in die Außentasche seines Trenchcoats. Dann steckte er sich eine Zigarette an und kurbelte das Seitenfenster seines alten Landrovers so weit runter, dass der Rauch abziehen konnte.

Als er um zwanzig nach neun leicht verspätet und völlig übermüdet die Tür zu seinem Büro öffnete, war seine fast zwanzig Jahre jüngere Kollegin Beate Neubert bereits da. Adrett gekleidet wie immer, mit einer olivfarbenen Satinbluse, die langen blonden Haare in einem dicken Zopf eng geflochten und mit einer kleinen Lederspange zusammengehalten.

Die beiden verstanden sich vom ersten Tag an hervorragend, was Brandauer den Wechsel in den Osten des Landes, dem er anfangs noch skeptisch gegenüberstand, sehr erleichterte. Man begegnete sich trotz des Rangunterschiedes auf Augenhöhe, wenngleich sie nicht davon abzubringen war, ihn oft mit ‚Chef‘ anzureden.

Ihre zarten Finger glitten mit leichtem Anschlag wie Spinnenbeine virtuos über die Tastatur ihres PCs. Ohne aufzublicken und ihre Arbeit zu unterbrechen, begrüßte sie ihren Kollegen. Das lang gezogene ‚Morgeeen!‘, mit dem er empfangen wurde, zeigte ihm, dass sie deutlich besser gelaunt war als er.

»Gut geschlafen, Chef?«, schob sie ihrem Morgengruß noch schnell hinterher.

»Seh ich so aus?«, erwiderte er missmutig, entknotete seinen Schal, ohne ihn abzunehmen, und reichte ihr den Karton mit den Eiern. Dann legte er die Zeitung vor sich auf den Schreibtisch und ließ sich ihr gegenüber in seinen Bürostuhl fallen.

Erst jetzt unterbrach sie ihre Schreibtätigkeit und warf mit einer lässigen Handbewegung ihren Zopf zurück.

»Oh danke, Chef! Waren deine Hühner wieder fleißig?«

»Das tun sie nur für dich, liebe Kollegin.«

»Na dann streichel sie mal ganz lieb von mir.«

Brandauer hatte sich dem Fenster zugewandt und sah wie hypnotisiert hinaus. Sie betrachtete eine ganze Weile seinen völlig übermüdet wirkenden Gesichtsausdruck, bis sie schließlich die Geduld verlor. Als sein Blick zu ihr hinüber wanderte und er immer noch nichts sagte, sah sie ihn mit großen Augen und offenem Mund an und forderte ihn mit einer entsprechenden Handgeste zum Sprechen auf.

»Nun red schon. Was ist los?«

Irgendwie war Brandauer noch nicht nach Reden zumute, aber er konnte die Neugier seiner Kollegin schlecht ignorieren.

»Die haben mich letzte Nacht noch zu einem Einsatz gerufen.«

Die Kommissarin lehnte sich brüskiert in ihrem Stuhl zurück und fragte: »Warum hast du mir nicht Bescheid gesagt?«

»Damit heute früh wenigstens einer von uns klar denken kann.«

»Okay, und worum ging's?«

»Verkehrsunfall auf der B167.«

»Und was bitteschön haben wir damit zu tun?«

»Da scheint irgendwas faul zu sein. Sieht nicht nach einem normalen Unfall aus.«

»Kaffee?«

»Unbedingt!«

»Red ruhig weiter!«

Die Kollegin erhob sich, ging zur Kaffeemaschine, goss Brandauer einen Kaffee ein, stellte die Tasse auf seinen Schreibtisch und setzte sich wieder.

Brandauer griff nach der Zeitung, schlug sie auf und warf einen Blick auf die Schlagzeilen. Der Unfall ereignete sich so spät, dass er es nicht mehr bis in die heutige Ausgabe des Lokalblattes geschafft hatte. Morgen werden sich die Reporter wieder mit den groteskesten Geschichten überschlagen.

Der Kommissar sah die Schlagzeilen schon vor sich: ›Mysteriöser Tod auf der Landstraße‹, ›Killer-Truck kostete junges Paar das Leben‹.

»Kommt da noch mehr oder muss ich mir den Rest denken?«, bohrte sie ungeduldig weiter.

Brandauer legte die Zeitung beiseite, nahm einen kräftigen Schluck aus der Tasse und erhob sich.

»Kommst du mit?«

»Wohin?«

»Zu Brömel. Mal hören, ob sich die KTU schon gemeldet hat.«

»Klar komm ich mit. Von dir erfahr ich ja hier sowieso nichts.«

Auch Brömel las gerade in der Morgenzeitung, als der Hauptkommissar und seine Kollegin sein Büro betraten.

»Morgen, Franz! Gut geschlafen? Hallo Frau Neubert.«

»Seit wann interessiert sich hier jeder für mein Schlafverhalten?«, fragte Brandauer gereizt. »Gibt's schon Neuigkeiten von den Kollegen der Spusi?«

Brandauer setzte sich wie gewohnt mit einer Gesäßhälfte auf die Tischkante von Brömels Schreibtisch und drehte dessen Familienfoto zu sich. Er wusste, dass Brömel das hasste. Um so mehr Vergnügen bereitete es ihm, seinen Kollegen immer wieder damit zu necken. Brömel haute Brandauer mit der flachen Hand auf die unegalen Finger und drehte das Foto wieder zurück.

»Finger weg!«

Brandauer machte das unschuldigste Gesicht der Welt und verschränkte hastig die Arme vor der Brust.

»Sie haben bestätigt, dass das Blut auf der Straße von einem Menschen stammt – Blutgruppe 0 positiv. Auch Hautpartikel waren dabei. Offensichtlich ist an der Stelle jemand gestürzt und hat sich verletzt.«

»Damit können wir die Theorie vom Wildwechsel als Unfallursache ja wohl ausschließen«, bemerkte Brandauer.

»Und nicht nur das, man fand auf dem Schuh ebenfalls Blut von der gleichen Blutgruppe. Fest steht jetzt auch, dass noch ein anderes Fahrzeug am Unfall beteiligt war. Wie wir schon vermutet hatten, wahrscheinlich ein Truck oder ein Pick-up.«

»Ist das alles?«

»Ist doch eine ganze Menge. Was willst du noch?«

»Mich würde zum Beispiel interessieren, wo die beiden aus dem Unfallwagen herkamen und wer sie waren.«

»Ach so, ich dachte, das wüsstest du schon.« Brömel angelte aus einem Wust von Unterlagen einen Zettel hervor und las vor.

»Svenja und Uwe Wertheimer. Sie 37, er 39, verheiratet, keine Kinder. Das heißt, bald hätten sie eins gehabt. Sie war schwanger.«

»Oh Gott! Lebt der Mann noch?«

»Sie versuchen immer noch, seinen Kreislauf zu stabilisieren. In einer Not-OP haben sie Milz und Leber zusammengeflickt. An eine OP seiner anderen schweren Verletzungen ist noch gar nicht zu denken. Es sieht alles in allem schlecht aus.«

Im Hintergrund hörte man, wie sich die Kommissarin auf einen Stuhl fallen ließ, der an der Wand stand. Als Brandauer sich zu ihr umdrehte, sah er, dass sie ihr Gesicht in den Händen verborgen hielt.

»Was ist los, Beate?«

Sie ließ ihre Hände langsam in ihren Schoß sinken und bei genauerem Hinsehen, konnte man sehen, dass ihr eine Träne die Wange hinunterrollte.

»Ich kannte Uwe Wertheimer. Er saß in der 12. Klasse eine Reihe vor mir. Meine erste große Liebe.«

»Ach du Kacke! Das tut mir leid, Beate.«

Brandauer sah sie eine ganze Weile bemitleidend an, dann drehte er sich wieder zu Brömel um.

»Wo liegt er?«

»Der RTH hat ihn nach Berlin ins Urban-Krankenhaus geflogen.«

»Ist er ansprechbar?«

»Hallo? Der ist so gut wie tot, Franz! Tote können bekanntlich nicht mehr viel sagen.«

»Weiß man, wo sie herkamen?«

»Man hat Eintrittskarten von einem Jazzfestival im Schlosspark Neuhardenberg in der Jackentasche der Frau gefunden. Vor dem Schlosspark hatte man ihnen ein Knöllchen verpasst, weil sie in einem Bereich ihren Wagen abgestellt hatten, wo Parken verboten war. Das war um 19 Uhr 27. Außerdem fand man eine Picknickdecke, eine leere Weinflasche und zwei Gläser, beziehungsweise das, was davon noch übrig geblieben war, im Kofferraum. Offensichtlich haben sie im Schlosspark ein Picknick gemacht.«

»Alkoholspiegel?«

»Er 0,8, sie 0,9. Damit ist man zwar nicht mehr uneingeschränkt fahrtüchtig, aber auch nicht so besoffen, dass man ungebremst auf ein stehendes Hindernis kracht. Bei der kurzen Entfernung vom Schloss bis zum Unfallort kann man wohl auch Sekundenschlaf als Unfallursache ausschließen, denke ich. Allerdings zog in der Nacht Nebel auf.«

»Hat man noch andere Erkenntnisse zu dem Fahrzeug, auf das sie aufgefahren sind?«

»Nur, dass es schwarz war. Man fand Lackspuren am Unfallfahrzeug und versucht, über eine Lackanalyse das Fabrikat rauszukriegen, aber das dauert. Immerhin ist heute Sonntag. Ohne den genauen Fahrzeugtyp zu kennen, werden wir keine Chance haben, den Halter oder die Halterin ermitteln zu können. Die Reifenspuren allein sind wenig aussagekräftig und die Spurbreite sagt auch nicht allzu viel aus.«

»Wir fahren noch mal zur Unfallstelle. Ich will mir das noch mal bei Licht ansehen«, entschied Brandauer.

Er drehte noch einmal das Foto zu sich, bevor er sich zum Gehen erhob und bekam prompt wieder was auf die Finger.

»Warte, Franz, wir kommen mit. Der Junge muss an die frische Luft.« Brömel hievte sich aus seinem Schreibtischstuhl hoch und gab Hansen, der in der Ecke saß, das Zeichen, mitzukommen.

Der Polizeimeisteranwärter sprang sofort freudig auf, griff sich seine Dienstmütze und folgte den anderen in gebührendem Abstand.

»Heute wird aber nicht wieder Einkriege gespielt!«, konnte sich Brandauer nicht verkneifen zu sagen. Als die Kommissarin ihn fragend ansah, sagte er:

»Meinst du, du schaffst das?«

»Meinst du, du schaffst es, mir auf dem Weg zur Unfallstelle, den Sachverhalt so darzustellen, Franz, dass ich eine Chance habe, zu kapieren, worum es hier geht?«, fragte sie ihren Chef im Gehen leicht angefressen.

Kapitel 6

Die Fahrt zum Unfallort dauerte lange genug, um die Kollegin in aller Ausführlichkeit auf den aktuellen Stand zu bringen. Die Zeit reichte auch aus, um schon jetzt das erste Mal durchgeschwitzt zu sein. Es sollte wieder einer dieser Tage werden, die hitzerekordverdächtig waren.

Ab Vevais war die B167 nach wie vor abgesperrt. Ein querstehendes Einsatzfahrzeug der Polizei, in dem niemand saß, versperrte die Straße so, dass Sie die Umleitung über den Waldweg nehmen mussten, um zur Unfallstelle zu gelangen. Bei Kunersdorf passierten sie die Absperrung und stellten ihre Fahrzeuge wenige hundert Meter später ab. Man hatte einen Polizisten postiert, der sicherstellen sollte, dass niemand die Unfallstelle unbefugt betritt.

»Morgeeen!« Frau Neubert schenkte dem sichtlich müden Kollegen ihr schönstes Lächeln als man ihn passierte und weiter zur Unfallstelle schritt. Brandauer fragte sich, wie die Frau das schafft. Eben noch erfährt sie, dass ihre erste große Liebe wohl tödlich verunglückt ist, und eine halbe Stunde später ist sie bereits wieder der freundlichste Mensch der Welt.

Der Beamte salutierte flüchtig und man sah ihm förmlich an, dass er angestrengt darüber nachdachte, ob er die Gruppe am Weitergehen hindern sollte oder nicht. Wahrscheinlich hatte man ihm eingeschärft, dass er niemanden durchlassen darf. Immerhin hatten Brömel und Hansen ihre Uniformen an. Und das souveräne Auftreten der Kommissarin und wahrscheinlich auch ihr elfengleicher Gang, den der Kollege – ihr nachblickend – noch eine Weile genoss, taten ihr Übriges dazu bei, dass er sie passieren ließ.

Die Einsatzfahrzeuge waren allesamt verschwunden. Es war keine Menschenseele weit und breit zu sehen. Selbst das Unfallfahrzeug hatte man bereits abgeschleppt. Nur die beiden Kegel, die Brömel in der Nacht aufgestellt hatte, waren noch da. Sie und die Spuren auf dem Acker zeugten noch davon, dass sich erst vor wenigen Stunden an dieser Stelle ein Drama abgespielt hatte, das es noch zu entschlüsseln galt.

Der angekündigte Regen war leider ausgeblieben. Für die Ermittlungsarbeiten hatte dies allerdings den Vorteil, dass alle Spuren der vergangenen Nacht noch gut zu sehen waren. Jetzt, bei Tag und ohne Nebel, bot sich den Polizisten ein ganz anderes Bild.

Als die vier die Stelle erreichten, wo Brandauer gestern Nacht die Blutstropfen entdeckt hatte, blieben sie stehen und sahen sich um. Die Äcker auf beiden Seiten der Straße waren erst wenige Tage vor dem Unfall vom Bauern durchfurcht worden.

Ein japanischer Zengärtner hätte diese Arbeit nicht besser ausführen können. Die Furchen waren wie mit dem Lineal gezogen und bildeten ein absolut akkurates Muster, das nur dort unterbrochen wurde, wo die

Ereignisse der letzten Nacht ihre Spuren hinterlassen hatten.

»Erinnert mich mal daran, dass wir dem Bauern Bescheid sagen müssen, dass wir hier ermitteln. Nicht, dass der uns hier noch mit irgendeiner seiner Maschinen alles plattmacht, bevor wir fertig sind.«

»Das kann Hansen übernehmen«, meinte Brömel und drehte sich zu ihm um: »Am besten machen Sie sich eine Notiz.«

Während Hansen sein Notizbuch zückte, fingerte Brandauer in seiner Manteltasche nach einer Zigarette, sah sich den Acker rechts von der Straße eine Weile genauer an und versuchte, die Spuren, die Hansen bei seiner Jagd nach der Dienstmütze verursacht hatte, dabei auszublenden. Auch, wenn ihm nach und nach vieles klar wurde, wollte er zunächst einmal hören, was seine Kollegen dachten. Er zündete sich die Zigarette an, nahm einen tiefen Zug und sah seine wohlgenährten Kollegen an.

Während Brömel und Hansen zu Brandauer sahen, war die Kommissarin weitergegangen und hatte sich der Straßenseite zugewandt, wo bis vor einigen Stunden noch das Wrack lag. Brandauer wusste sofort, warum.

»Ist das da die Stelle, wo sie verunglückt sind?«, wollte sie wissen.

»Ja, da hinten, links von der Pappel, wo der Acker aufgewühlt ist«, antwortete ihr Chef. Die Neubert sah noch einen Moment in andächtiger Stille hinüber zum Unfallort. Man ließ sie gewähren. Erst als sie wieder zurückgekommen war und sich den anderen wieder zugewandt hatte, zeigte der Kommissar auf den Acker hinter sich und fragte:

»Was sagt *euch* das hier?«

Brömel, dessen Azubi und Kollegin Neubert sahen sich fragend an und zuckten mit den Schultern.

Brömel nahm seine Dienstmütze ab und wischte sich mit einem Stofftaschentuch die Stirn trocken. Dann zeigte er, noch das Tuch in der Hand, auf das Feld.

»Das ist die Stelle, wo Hansen gestern Haschmich mit seiner Dienstmütze gespielt hat.«

»Und?«

»Ja, wie ... und. Was weiß ich.« Brömel fühlte sich offensichtlich vorgeführt und wollte die Rolle des vermeintlich Blinden gern loswerden. Er wischte sich noch einmal über die Stirn und setzte seine Mütze wieder auf. Die Kommissarin hatte sich wieder gefasst und erlöste ihn.

»Welches sind denn die Spuren von Kollege Hansen?«, wollte sie wissen.

»Hansen ist da rein«, veranschaulichte Brandauer, die Kippe zwischen Zeige- und Mittelfinger der linken Hand geklemmt, »hat da hinten seine Pirouetten gedreht und ist da vorne wieder raus.«

»Dann sind die anderen Spuren vielleicht doch von Wildschweinen?«, überlegte Hansen.

»Eher nicht, junger Kollege. Aber dazu müssten Sie sich mal bücken und sich den Acker aus der Nähe ansehen«, sagte der Kommissar.

Alle traten dort, wo man gestern den Schuh gefunden hatte, neben die Fahrbahn. Die Oberkommissarin deutete auf die Stelle neben ihnen, wo Fußspuren etwa zehn Meter hinter den Blutflecken von der Straße weg auf den Acker führten und sagte:

»Okay, demnach gehören die Spuren hier wahrscheinlich zu der Person, die sich hier verletzt hatte.«

»Das sehe ich auch so, Beate. Fragt sich nur, wie es zu der Verletzung kam und warum die Person anschließend auf den Acker gelaufen ist.«

Man sah sich abwechselnd gegenseitig an. Dann wagte sich Polizeimeisteranwärter Hansen erneut vor:

»Vielleicht ist hier jemand letzte Nacht mit dem Rad langgefahren, wurde von dem Truck gestreift, ist gestürzt und hat sich dabei den Ellenbogen oder den Kopf aufgeschlagen.«

Hansen machte eine kurze Pause und ging vor zu der Stelle, wo der Truck vermeintlich gehalten hatte. Die anderen folgten ihm langsam. Dann fuhr er fort:

»Der Truckfahrer hat daraufhin gebremst und ist hier zum Stehen gekommen.«

Die anderen waren stehen geblieben und betrachteten die Fahrbahn. Brömel kraulte sich den Bart und sah Hansen nachdenklich an: »Und dann?«

»Dann ist der Fahrer ausgestiegen und zu dem Radfahrer zurückgelaufen, um zu sehen, ob ihm etwas passiert ist.«

»Und weiter?«, hakte die Kommissarin nach, die offensichtlich Spaß an der Art und Weise gefunden hatte, wie sich der junge Kollege produzierte. Hansen sah verunsichert von einem zum anderen.

»Nur zu, Kollege«, ermutigte ihn auch Brandauer, der inzwischen auch bei Hansen angekommen war.

»Dann kamen plötzlich die mit dem Toyota und sind dem Truck hinten rein und haben sich überschlagen.«

»Und was passierte dann?« Brandauer versuchte, den jungen Kollegen weiter anzutreiben.

»Was weiß ich?« Hansen fuchtelte mit den Armen, ließ geräuschvoll seine Lippen vibrieren und drehte sich um seine eigene Achse.

»Der Radfahrer ist vor Schreck weggelaufen, der Truckfahrer hat das Rad auf seinen Truck gepackt und ist damit weggefahren.«

»Und wenn sie nicht gestorben sind, dann leben sie noch heute. Nette Geschichte, Hansen, aber so war es leider nicht!«, glaubte Brandauer, ihn enttäuschen zu müssen.

»Und was sagen dir die Spuren, Franz?« Brömel sah den Kommissar mit großen Augen an.

»Die Spuren da hinten auf dem Acker lassen auf eine Auseinandersetzung schließen, an der eine Frau und ein Mann beteiligt waren.«

Brömel zog die Augenbrauen hoch und nahm den Kopf ein Stück zurück.

»Warum glaubt mein großer weißer Bruder, dass eine Squaw und ein Bleichgesicht hier das Kriegsbeil geschwungen haben?«

»Weil wir einen Turnschuh in Größe 37 gefunden haben, Jochen. Okay, er könnte auch von einem Kind stammten, aber das Modell weist doch eher auf eine junge Frau hin, finde ich.«

Brömel sah Brandauer fragend an und zog erneut die Augenbrauen hoch.

»Und wo sind die Hinweise für eine männliche Beteiligung, bitteschön?«, wollte er wissen.

»Der Truck! Keine normale Frau fährt ein solches Ungetüm. Und dann sind da noch die Fußspuren, hier neben der Fahrbahn. Da wo der Truck gehalten hat.«

Brandauer nahm die rechte Hand aus der Manteltasche und zeigte beiläufig auf die Stelle, die er meinte.

»Schuhgröße 45 würde ich mal schätzen. So große Füße hat nicht mal deine Hilde.«

»Nun mach mal halblang, Franz«, reagierte Brömel gespielt empört. »Meine Holde hat einen ausgesprochen zierlichen Fuß.«

»Ich will an dieser Stelle noch nicht von Kampf sprechen«, fuhr Brandauer unbeirrt fort. »Vielleicht war ja auch hier Alkohol im Spiel und es war nur eine harmlose Balgerei oder man entschloss sich im Suff spontan zu einer Schlammschlacht ... Wenn da nicht das Blut wäre.«

Jetzt wurde es auch Brandauer langsam zu heiß. Er zog seinen Trenchcoat aus, steckte einen Zeigefinger durch den Aufhänger und hängte ihn sich über die Schulter. Dann ging er noch einmal zurück zu der Stelle, wo sie die Blutstropfen gefunden hatten, und sah sich die Spuren, die von dort aus in den Lehm-acker führten, genauer an. Die anderen waren ihm schweigend gefolgt.

Alle blickten gespannt zu Hauptkommissar Brandauer. Jeder wusste um die nahezu übersinnlichen Fähigkeiten des Kommissars, einen komplexen Sachverhalt aus nur wenigen Spuren lesen zu können. Es ging sogar das Gerücht im Revier um, dass er indianische Vorfahren haben soll. Brandauer kostete den Moment aus und ließ die anderen noch eine Weile zappeln.

»Nun red schon!« Die Kommissarin rollte ungeduldig mit den Augen und verzog das Gesicht.

»Die alles entscheidende Frage ist für mich nach wie vor: Warum hat der Truck da vorn angehalten? Die Blutspuren auf der Fahrbahn und der Fundort des Schuhs, sowie die Spuren, die von der Fahrbahn weg ins Feld führen, liegen so weit auseinander«, fuhr Brandauer fort, »dass der, der hier gestürzt ist, nicht einfach von einem Fahrrad gefallen sein kann. Nach dem Aufprall auf der Straße ist der- oder besser gesagt diejenige noch ein stückweit geschliddert oder gerollt. Hier ist kein Radfahrer gestürzt, sondern jemand aus einem fahrenden Auto gestoßen worden, wahrscheinlich sogar gesprungen – und zwar vermutlich aus unserem Truck.«

Brandauer hielt einen Moment inne, um die Reaktion seiner Kollegen zu beobachten, die noch immer wie gebannt an seinen Lippen hingen. Dann fuhr er fort:

»Dieser Jemand ist dann aufgestanden und hat versucht, über den Acker davon zu laufen. Wenn ihr euch die Spuren im Acker genauer anseht, könnt ihr erkennen, dass die Belastung beim Laufen auf dem linken Fuß lag. Er beziehungsweise sie zog das rechte Bein nach, weil sie es sich beim Sturz offenbar verletzt hatte. Der Schuh, den wir gefunden haben, sagt uns, dass es sich dabei wahrscheinlich um eine Frau handelte. Dass sie den Schuh nicht aufgehoben hat, sondern weitergerannt ist, spricht dafür, dass sie die Zeit dafür nicht hatte. Sie ist nicht einfach über den Acker gelaufen, sie ist geflohen! ... Vermutlich vor dem Fahrer des Trucks!«

Wieder hielt er inne und sah seine Kollegen an, die es kaum erwarten konnten, zu hören, was dann wahrscheinlich passiert war.

Die Kommissarin hielt ihre linke Hand schützend vor die Augen, um von der niedrig stehenden, aber schon jetzt brennenden Morgensonne nicht geblendet zu werden, und blickte auf das Feld hinaus:

»Was siehst du noch, Franz?«

Brandauer streckte den Arm aus, wies in die Richtung, wo der Truck vermeintlich angehalten hatte, und erklärte weiter:

»Was würdest du tun, wenn jemand aus deinem Auto springt, Beate?«

»Bremsen, natürlich.«

»Wie stark?«

»Na, so stark wie halt möglich.«

»Seht ihr hier irgendwelche Bremsspuren?«

Alle sahen auf die Fahrbahn, drehten sich ein paarmal um ihre eigene Achse und stellten unisono fest:

»Eher nicht!«

»Und warum nicht?«

»Da gäbe es wohl viele Erklärungen«, meinte Brömel. »Entweder hat er nicht stark genug gebremst oder seine Bremsen funktionierten nicht richtig.«

»Was glaubt ihr, wie schnell der Truck war?«

»Na ja, man darf hier 100 fahren und nachts sind die Leute eher noch schneller unterwegs«, stellte Brömel fest.

»Wenn wir mal davon ausgehen, dass der Truck mit 80 bis 100 km/h unterwegs war«, erläuterte Brandauer, »kann man einen Reaktionsweg von etwa 25 Metern zugrunde legen und einen Bremsweg von etwa 65 Metern. Dann wäre der Truck etwa nach 90 Metern zum Stehen gekommen, nicht vorher, richtig?«

Brömel, der Azubi und die Neubert sahen sich an und zuckten mit den Schultern:

»Wenn du es sagst.«

»Auch von da vorn führen Spuren in den Acker. Schuhgröße 45, wie gesagt, also wohl von einem Mann. Ich denke, von dem Fahrer des Trucks. Es sollte der Ort sein, wo der Truck zum Stehen kam. Was schätzt ihr, wie weit das von hier entfernt ist?«

»Ich würde sagen, etwa 50 Meter«, wagte sich Hansen vor.

»Könnte hinkommen«, bestätigte ihm Brandauer. »Was schließen wir daraus?«

»Der Truckfahrer hat eine Vollbremsung hingelegt«, vermutete Hansen.

»Ohne Bremsspuren zu hinterlassen?«, wandte Brandauer ein. »Ich denke eher, der Truck war an der Stelle, wo die Frau aus dem Wagen gesprungen ist, deutlich langsamer. Anderenfalls hätte sie den Sprung auch nicht so überstanden, dass sie danach noch in der Lage gewesen wäre, über das Feld zu rennen. Ich vermute, sie hat irgendwo da vorn die Zündung ausgeschaltet, damit der Wagen langsamer wird, ist hier aus dem Wagen gesprungen, um zu fliehen, und da vorn kam der Wagen zum Stehen.«

Brandauer legte seinen Mantel über den Arm und steckte seine Hände in die Hosentaschen. Er sah seine Kollegin an, die immer noch bemüht war, Hinweise im Acker zu finden, die die Geschichte ihres Kollegen bestätigen könnten.

»Wenn man den Spuren, die von dort in den Acker führen, folgt, sieht man, dass sie sich da hinten mit denen der Frau vereinigen.«

»Sehr richtig, Frau Oberkommissarin«, bestätigte Brandauer seine Kollegin. »Und wenn ihr noch genauer hinseht, wird euch auffallen, dass die Spur die vom Fahrzeug wegführt zu dem Mann mit den großen Schuhen gehört, der übrigens gerannt ist, und die Spuren, die zum Fahrzeug zurückführen, von zwei Personen verursacht wurden. Wobei der Mann die Frau hinter sich her gezogen hat.«

»Der Acker ist da hinten so aufgewühlt, dass man davon ausgehen muss, dass es dort zu einem Kampf kam«, fuhr sie fort.

»Wohl wahr!«

Die anderen sahen sich ungläubig an und wussten nicht, was sie sagen sollten. Sie sahen lediglich einen Acker. Schön, an manchen Stellen war dem Muster, das die Furchen bildete, die Disziplin abhandengekommen. Aber für Brömel und Hansen konnten das genauso gut Wildschweine gewesen sein.

Brandauer sah die anderen an und sagte: »Wollen doch mal gucken, was Rolex dazu sagt.«

Rolex, sein siebenjähriger Langhaar-Weimaraner hatte die ganze Zeit ausgestreckt auf der Rückbank des Landrovers gelegen und gedöst. Brandauer hatte ihn selbst abgerichtet und nahm ihn oft mit zu seinen Einsätzen.

Er steckte Daumen und Zeigefinger der linken Hand in den Mund und tat einen gellenden Pfiff. Man sah, wie der Hund durch das offene Seitenfenster sprang und angetrabt kam. Er setzte sich an das linke Bein des Kommissars und sah ihn erwartungsvoll an. Wohlerzogen, wie er war, hatte er seine Leine gleich mitgebracht.

Brandauer tauschte sie gegen ein Leckerli, das er aus seiner linken Manteltasche nahm, aus, klopfte zwei, drei Mal leicht auf den Hals des Vierbeiners und befestigte die Leine am Halsband des Weimaraners.

Als sich auch Hansen anschickte, den Hund zu streicheln, wurde er von Brandauer barsch ausgebremst.

»Bitte nicht, Hansen. Wir sind nicht zum Spielen hier. Für den Hund ist das jetzt ein Arbeitseinsatz.«

Brandauer steckte sich eine Zigarette in den Mundwinkel. Dann beugte er sich zum Blutfleck hinunter und deutete mit dem Finger auf die Fahrbahn. Man konnte hören, wie der Hund die Stelle beschnüffelte und Witterung aufnahm.

»Such!«

Der Hund lief mit gesenktem Kopf, von der Stelle, wo die Blutflecken waren, zunächst ein Stück nach vorn, bis an die Stelle, wo man in der Nacht den Schuh gefunden hatte, und dann schnurstracks auf das Feld zu.

Brandauer, der sich heute vorsichtshalber für andere Schuhe entschieden hatte, blieb nichts anderes übrig, als ihm zu folgen, denn er hatte das andere Ende der Leine in seiner linken Hand.

»Kannst du den bitte mal halten, Beate?«

Er drückte der Neubert seinen Mantel in die Hand und setzte dem Vierbeiner nach. Der Hund scannte den Lehmboden vor sich Meter für Meter wie ein Staubsauger ab, bis er plötzlich nach etwa dreißig Metern stehen blieb und bellte.

Brandauer ging zu ihm, bückte sich und angelte einen weiteren Schuh aus dem Morast.

»Wenn ich das richtig sehe, haben wir hier das Gegenstück zu dem Schuh, den wir gestern Nacht gefunden haben.«

Polizeihauptmeister Brömel ließ sich von seinem Auszubildenden einen weiteren Kegel holen.

»Kannst du fangen, Franz?«

Brömel holte zum großen Wurf aus, wartete aber noch auf eine Reaktion von Brandauer.

»Willst dir wohl nicht die Schuhe einsauen!«

»Ich will nur keine Spuren verunreinigen!«

»Ja, ja! Na, wirf schon.«

Brömel holte aus und warf Brandauer etwas unbeholfen den Kegel zu, der ihn trotzdem fangen konnte.

Brandauer stellte den Kegel mit der Nummer ,3' an die Stelle, wo Rolex den Schuh eben gefunden hatte, und ließ den Schuh in eine Plastiktüte gleiten.

Dann folgte er dem Hund weiter kreuz und quer durch das Feld. Sie fanden noch ein Stück bunten Stoff und ein Feuerzeug. Auch diese Fundorte kennzeichnete der Kommissar mit Kegeln, damit die Spusi gegebenenfalls hier noch einmal gründlicher auf Spurensuche gehen konnte. Hansen notierte alles Schritt für Schritt.

Als er und der Hund wieder am Straßenrand angekommen waren, übergab er Brömel die Asservatenbeutel, nahm seinen Trenchcoat wieder entgegen und steckte sich endlich seine Zigarette an, die ihm immer noch im Mundwinkel hing.

Die Kommissarin versuchte, die Geschichte weiterzuspinnen:

»Der Fahrer rennt also der Frau hinterher, die aus seinem Truck gesprungen war, kriegt sie irgendwann am Kleid zu fassen, wobei ein Stück vom Stoff abreißt, und wirft sie zu Boden. Sie kämpfen miteinander. Einer von beiden verliert das Feuerzeug, ...«

Brandauer übernahm ihre Ausführungen:

»... der Toyota kracht währenddessen in den Truck. Der Fahrer des Trucks schleift die Frau zurück zu seinem Fahrzeug, zwingt sie dazu, wieder einzusteigen, und haut ab.«

»Donnerwetter!«, entfuhr es Hansen. »Und das alles können Sie aus den Spuren im Lehmacker sehen?«

»Es wäre allerdings einfacher gewesen, wenn Sie da gestern Nacht nicht mit Ihrer Dienstmütze Einkriege gespielt hätten.«

Brandauer gab dem jungen Kollegen einen freundschaftlichen Klaps auf die Schulter und lächelte beschwichtigend und an den Polizeihauptmeister gerichtet, sagte er:

»Ich denke, wir haben genug gesehen, Jochen. Ich möchte, dass der Acker weiterhin gesperrt bleibt, bis alle Spuren gesichert sind. Schicke die Spusi noch mal da rein. Die sollen vorsichtshalber ein paar hochauflösende Fotos mit 'ner Drohne machen. Ich denke, von oben sieht die ganze Sache noch eindeutiger aus. Vielleicht finden die ja auch noch für die Ermittlungsarbeit relevante Gegenstände.«

Brömel, Brandauer und die Oberkommissarin machten sich schon gemeinsam mit Rolex auf den Weg zu ihren Fahrzeugen, als Hansen, der noch immer bei den Blutflecken stand, ihnen nachrief:

»Müssen wir nicht noch auf die andere Straßenseite, wo das Unfallfahrzeug lag?«

Die drei blieben stehen, drehten sich zu dem Polizeimeisteranwärter um und Brandauer schlug sich mit der flachen Hand vor die Stirn und sagte:

»Na klar Hansen, vielleicht kriegen Sie ja raus, wie breit die Kufen des Hubschraubers waren, oder welche Schuhgröße die Feuerwehrleute hatten. Und gucken Sie doch mal, von welcher Seite der Abschleppwagen das Unfallfahrzeug aus dem Schlamm gezogen hat. Wir gehen schon mal vor.«

Hansen, der es aller Hitze zum Trotze geschafft hatte, die ganze Zeit seine Dienstmütze aufzubehalten, zückte sein Notizbuch, hob den Arm und wollte sich schon umwenden, da rief ihm Brömel hinterher:

»Mensch, Hansen, das war ein Scherz. Sie glauben doch nicht im Ernst, dass Sie da, nachdem was hier letzte Nacht los war, noch irgendwelche verwertbaren Spuren finden.«

Hansen blieb noch eine ganze Weile irritiert stehen, dann steckte er sein Notizbuch wieder weg und folgte den anderen. Irgendwie war das heute nicht sein Tag, hatte er das Gefühl.

Kapitel 7

Als ich wieder begann, mich zu spüren, merkte ich, dass es mir weder möglich war, die Augen zu öffnen, noch mich zu bewegen. Es kam mir vor, als existierte ich nur noch als Gedanke. Jede Art von konkreter Körperwahrnehmung fehlte. Vermutlich lag ich, konnte aber nicht sagen, ob auf der Erde oder in einem Bett. Immerhin konnte ich atmen, so schien es. Aber atmete ich selbst? Lebte ich noch oder war das der Tod? Wer weiß schon, wie man sich fühlt, wenn man nicht mehr lebt.

Aus der Ferne hörte ich synchron zu meinem eigenen Herzschlag ein dumpfes Piepen, weiter nichts. Doch, da war noch ein rhythmisches Rauschen, als würde ein Roboter neben mir liegen und im Schlaf laut atmen. Und dann war da noch die Gewissheit, dass da noch eine Person im Raum war. Doch sah ich sie weder, noch hörte ich sie. Die Tür ging plötzlich auf. Auf einmal waren da Stimmen, wenn auch nur sehr leise, so als wäre ich unter Wasser. Ich meinte, die Stimmen eines Mannes und einer Frau unterscheiden zu können.

»Guten Morgen Schwester. Wen haben wir denn hier?«

Ein Stuhl schurrte dicht neben mir über den Boden, so als wenn sich jemand von ihm erhoben hatte.

»Guten Morgen Herr Professor. Der Patient wurde letzte Nacht eingeliefert. Schwerer Autounfall. Eine Milz- und Leberruptur konnte gestoppt werden. Der Kreislauf ist unter Katecholamienen inzwischen stabil.«

»Hmm«, brummte der Angesprochene nur. »Was hat er sonst noch zu bieten?«

»Rippenserienfraktur mit instabilem Thorax, Mandibulafraktur, schweres Schädelhirntrauma, GCS 3. Die Prognose sieht schlecht aus, Herr Professor.«

»Liegt eine Patientenverfügung vor?«

»Wissen wir nicht.«

»Hat man die Angehörigen benachrichtigt?«

»Wir haben noch niemanden erreichen können, Herr Professor.«

»Versuchen Sie es weiter. Viel Zeit bleibt uns nicht mehr.«

‚Unterhalten die sich gerade über mich?‘, kam es mir in den Sinn. Ich hatte mir die Frage noch nicht beantwortet, da hörte ich, wie sich die Tür wieder schloss und nur noch das rhythmische Piepen und Rauschen zurückblieb.

Ich lebte also doch noch. Oder besser gesagt: Etwas in mir lebte noch. Was, um Himmels Willen, war eigentlich passiert? Welchen Wochentag hatten wir eigentlich? Welche Jahreszeit? Welches Jahr? Wer war ich eigentlich?

Ich erschrak. Mir wurde abwechselnd heiß und kalt. Jedenfalls fühlte es sich so an. ‚Wenn ich nur *etwas sehen könnte*', dachte ich. Dann würde mir vielleicht klar werden, was hier eigentlich los war.

Nach einer Weile intensiven Nachdenkens fiel mir immerhin ein, wie ich hieß: Uwe! Ich hörte, wie meine Mutter nach mir rief:

»Uwe, komm rein. Essen ist fertig!«

Wie alt war ich? Ging ich schon zur Schule? Ich sah, wie ich in ein Auto stieg und losfuhr. Ich musste schon erwachsen sein, dachte ich. Wohnte ich noch bei meinen Eltern? Hatte ich schon eine Freundin? Dann stand plötzlich Svenja vor mir, meine süße Svenja, meine Frau! Immerhin! Puh! Vielleicht war ja alles nur ein schrecklicher Traum? Natürlich! Das musste es sein, war ich mir plötzlich sicher. Ich musste einfach nur wieder aufwachen.

Ich versuchte, mich daran zu erinnern, wie ich zu Bett gegangen war. Hatte Svenja neben mir gelegen? Waren wir gemeinsam eingeschlafen? Hatten wir noch Sex vorher gehabt? Was hatten wir vorher gemacht?

Ich fand auf keine der Fragen eine Antwort. Dann erinnerte ich mich auf einmal, wie sie zu mir sagte:

»Erklär mir wieder die Sterne, Schatz.«

Wir lagen eng umschlungen auf einer Wiese und blickten gemeinsam in den Nachthimmel. In der Ferne hörte ich das Zirpen der Grillen. Ich drehte mich zu ihr um und sah sie an. Sie schien zu schlafen. Hinter ihr zog die Landschaft vorbei, als sähe ich sie durch das Seitenfenster eines schnell fahrenden Zuges. Dann der Knall, alles drehte sich wie im Karussell. Und dann Stille.

Jetzt war alles wieder da. Auch die Erkenntnis, dass es kein Traum war, dass es nicht darum ging, einfach wieder aufzuwachen. Ich sah sie wieder vor mir stehen und sagen:

»Du musst erst noch die junge Frau retten.«

Die junge Frau, mein Gott, ja! Jetzt sah ich es wieder. Sie hatte auf dem Truck gelegen, das arme Ding. Wie war sie da hingekommen? Ihre Hände und Füße waren mit einem Klebeband zusammengebunden. Sie hatte sich nicht bewegt. War sie tot? Oder vielleicht nur bewusstlos? Sie brauchte definitiv Hilfe. Aber wie, um Gottes Willen sollte ich ihr helfen? Ich konnte nicht sehen, konnte mich nicht bewegen, konnte keinen Laut von mir geben. Ich wollte den Kopf schütteln, wollte heulen, aber auch das ging nicht.

Kapitel 8

Als Brandauer am Montag das Büro betrat, war Kommissarin Neubert bereits da. Sie hatte das Fenster weit geöffnet und sich in ihrem Bürostuhl zurückgelehnt, die Beine lang ausgestreckt, die Arme hinter dem Kopf verschränkt und empfing ihn mit einem umwerfenden Lächeln.

»Morgeeen!«

»Was nimmst du, dass du schon am frühen Morgen so gut drauf bist, Beate?«

»Frag dich mal lieber, warum du morgens immer so griesgrämig bist, Franz!«

»Bin ich das?«

»Guck doch mal in den Spiegel.«

Brandauer entknotete seinen Schal, zog seinen Mantel aus, übergab ihn dem Kleiderständer, der hinter der Eingangstür stand und wandte sich dem Spülbecken zu, über dem ein kleiner Spiegel hing. Er drehte den Kopf hin und her, fuhr sich mit beiden Händen durch die schon wieder viel zu langen Haare und stellte mit einer prüfenden Handbewegung fest, dass er vergessen hatte, sich zu rasieren. Dann wendete er sich der Kaffeemaschine zu.

»Dass du auch bei so einer Affenhitze noch mit Schal rumläufst, Franz ...«

»Wer schön sein will, muss leiden!«, hat meine Mutter immer gesagt.

»Na, wenn das so ist.«

Die Oberkommissarin hatte bereits alles für seinen morgendlichen Kaffee vorbereitet, jedoch war das Wasser noch nicht vollständig durchgelaufen, was ihn jedoch nicht daran hinderte, sich seine Tasse zu nehmen und sich einzuschenken. Dann stellte er die Kanne zurück in die Kaffeemaschine, ging an seinen Schreibtisch und setzte sich.

»Es gibt Neuigkeiten von der KTU«, eröffnete die Neubert das Gespräch.

»Nämlich?«

»Die DNA vom Blut stimmt mit der überein, die man an den Schuhen gefunden hat.«

»Das überrascht mich jetzt nicht. Sonst noch was?«

»Die schwarzen Lackspuren am Unfallfahrzeug helfen uns nicht weiter. Es ist nicht der Originallack.«

»Mist! Dann haben wir keine Chance, den Fahrzeugtyp rauszukriegen.«

»Sieht ganz so aus.«

Das Telefon klingelte. Da Kommissar Brandauer keine Anstalten machte, das Gespräch anzunehmen, sah sich die Kommissarin genötigt, aufzustehen, und nach dem Telefon zu greifen.

»Polizeirevier Bad Freienwalde, Kommissariat, Neubert am Apparat ... ja, das war ich ... ein Uhr? ...Okay, danke für den Rückruf ... ja, Ihnen auch!«

»Das war das Schloss. Ich hatte vorhin angerufen, um zu fragen, wann die Veranstaltung am Samstagabend zu Ende war – gegen ein Uhr, sagen sie.«

Die Kommissarin stellte das Telefon in seine Halterung zurück und ging zum Fenster, um es zu schließen und das Oberlicht zu öffnen. Sie sah eine Weile nach draußen und überlegte laut:

»Wenn unsere beiden Unfallopfer bis zum Schluss geblieben sind, was haben sie dann in der Zeit zwischen ein Uhr und zwei Uhr gemacht? Vom Schloss bis zum Unfallort sind es schließlich nur fünf, sechs Minuten.«

»Wollen wir das wirklich wissen, Beate? Ich meine, das waren junge Leute. Da würde mir so einiges einfallen. Ich frage mich eher, wo unser Truck herkam. Vielleicht waren die ja auch auf dem Festival.«

»Hmm.«

Die Kommissarin sah eine Weile sinnierend ins Nichts, dann ging sie zurück zum Schreibtisch, griff erneut nach dem Telefon und wählte eine interne Nummer.

»Hallo Claudia. Sag mal, hattest du in der Nacht von Samstag auf Sonntag Dienst? ... Warst du am Schloss und hast Knöllchen verteilt? ... Kannst du dich an einen schwarzen Truck erinnern?«

Die Kommissarin hielt die Hand vor das Mikrofon und schüttelte mit dem Kopf:

»Kann sie leider nicht.«

»... Dann sei doch mal so nett und lass uns eine Liste von allen Fahrzeughaltern zukommen, denen du einen Strafzettel verpasst hast ... Ja, heute noch, wenn's geht.«

Die Kommissarin rollte mit den Augen und stellte das Telefon wieder zurück.

»Mein Gott. Die ist auch schnell überfordert!«

»Kein schlechter Gedanke«, quittierte Brandauer die Initiative seiner Kollegin anerkennend. »Vielleicht haben wir ja Glück.«

Dann griff die Neubert erneut zum Telefon.

»Ich noch mal, Neubert vom Polizeirevier Bad Freienwalde. Sagen Sie, können Sie mir sagen, wann die Letzten das Schlossgelände nach dem Festival verlassen haben?«

Am anderen Ende der Leitung folgte wohl eine längere Erläuterung. Jedenfalls dauerte es eine gefühlte Ewigkeit, bis die Kommissarin wieder reagierte:

»... Ah ja, dankeee!«, dann legte sie auf.

»Die Letzten waren eine junge Frau, die wohl ihren Autoschlüssel verloren und ihn noch eine ganze Weile auf dem Gelände gesucht hatte – das war so gegen ein Uhr fünfundvierzig – und ein junges Pärchen, das gegen zwei Uhr das Gelände verließ.«

»Na das passt doch wie Arsch auf Eimer.« Brandauer schlug mit der flachen Hand auf den Tisch, dass die Neubert zusammenzuckte.

»Dann ruf doch noch mal an und frage, ob die junge Frau vielleicht Schuhgröße 37 hatte.« Als er sah, wie seine Kollegin guckte, fühlte er sich genötigt, noch »War'n Scherz!« hinterherzuschieben.

»Aber ehrlich, Beate«, Brandauer tippte zur Unterstreichung seiner Vermutung mehrfach mit dem Zeigefinger auf die Arbeitsplatte seines Schreibtisches. »Das ist unsere Frau, ich bin mir sicher!«

Man hörte förmlich, wie es im Kopf der Kommissarin arbeitete. Dann machte sie plötzlich große Augen, zeigte mit dem Zeigefinger auf ihren Chef und sagte: »Die hatte ihren Autoschlüssel verloren und ist deshalb mit dem Truckfahrer mitgefahren.«

»Wenn du recht hast, müsste ihr Wagen dann ja vielleicht noch vor dem Schloss stehen.« Der Kommissar sprang auf und griff seinen Mantel. Seine Kollegin schloss das Oberlicht und folgte ihm.

Als sie an der Unfallstelle vorbeikamen, waren die Männer in Weiß wieder bei der Arbeit. Den drei Hütchen, die auf dem Acker verteilt standen, hatte sich noch ein viertes mit der Nummer ‚6' dazugesellt, was Brandauer dazu veranlasste, langsamer zu fahren und das Seitenfenster runterzukurbeln.

»Habt ihr noch was gefunden?«

Einer der Männer erhob sich und kam auf ihren Wagen zu. Er hatte ein kleines Plastiktütchen in der Hand, das er Brandauer übergab.

»Eine kleine goldene Halskette mit einem Anhänger.«

Brandauer warf einen Blick auf die Kette und gab sie dem Kollegen wieder zurück.

»Könnt ihr einen DNA-Abgleich mit dem Blut machen?«

»Mal gucken, ob wir genug Material finden.«

Sie bedankten sich bei dem Kollegen, wünschten noch einen schönen Tag und setzten ihren Weg fort.

»Ich weiß immer nicht, ob das ironisch rüberkommt«, sagte Brandauer plötzlich, »wenn ich Menschen, die unter solchen Bedingungen noch sechs Stunden Arbeit vor sich haben, einen schönen Tag wünsche.« Er sah die Neubert fragend an.

»Ach quatsch, ist doch nett. Es soll ja sogar Menschen geben, die gern arbeiten.«

»Sprichst du von dir?«

»Zum Beispiel?«

Sie sah ihn an und lächelte. Wortlos fuhren sie weiter, bis nach etwa fünf Minuten auf der rechten Seite der Vorplatz des Schlosses auftauchte. Schon von Weitem fiel ihnen der rote Kleinwagen auf, der einsam und verlassen auf der Anlage stand. Jetzt am Tage fragte man sich, wie jemand auf die Idee kommen konnte, dort zu parken. Aber Samstag Abend war hier wohl so viel Betrieb, dass man jeden freien Platz zum Parken nutzte.

Sie hielten an, stiegen aus und gingen zu besagtem Fahrzeug. Im Scheibenwischer klemmte noch immer der Strafzettel.

Die Neubert überprüfte Datum und Uhrzeit. Der Wagen stand tatsächlich seit Samstag hier. Sie griff zu ihrem Handy und wählte eine Nummer.

»Hallooo! Neubert hier. Seid ihr mal so gut und überprüft ein Kennzeichen für mich? ... Ein roter Clio MOL WS 378 ... Dankeee!«

»Ich bin mir sicher, dass das der Wagen von unserer Frau ist. Würde genau passen.« Brandauer ließ keine Zweifel an seiner Vermutung aufkommen. »Kein Mann würde freiwillig einen alten Renault Clio fahren. Entweder gehört er einer älteren Frau zwischen 60 und 70, die keinen Wert mehr auf Statussymbole legt, oder einer jungen Frau zwischen 20 und 25, die sich noch kein anderes Auto leisten kann. Ich tippe eher auf Letzteres«, lehnte sich der Polizeihauptkommissar aus dem Fenster.

Auch, wenn die Neubert häufig Probleme mit den clichéartigen, zuweilen auch sexistischen Interpretationen ihres Chefs hatte, musste sie doch zugeben, dass er meist richtig lag mit seinen Vermutungen. Da sie immer noch an ihrem Telefon hing und auf ein Ergebnis ihrer Halteranfrage wartete, verkniff sie sich diesmal eine Bemerkung.

»Dankeee!«, beendete sie ihr Gespräch und lachte. »Der Wagen gehört einem Hans-Peter Reinsberg aus Croustillier.«

»Croustillier?« Brandauer guckte völlig fassungslos. »Liegt das irgendwo in den Pyrenäen?«

»Man merkt, dass du noch nicht lange hier bist, Franz. Croustillier liegt gleich um die Ecke. Es wurde genauso wie Vevais im 19. Jahrhundert von Einwanderern aus der Französisch sprechenden Westschweiz gegründet und liegt an der Landstraße 281.«

Die Neubert machte eine kurze Pause und überlegte angestrengt:

»Ich frage mich nur, wie man auf die Idee kommen kann, seine Tochter Hans-Peter zu taufen?«, grinste sie ihren Chef keck an.

Brandauer machte eine wegwerfende Handbewegung und entgegnete:

»Lass uns einfach hinfahren. Dann werden wir ja sehen, ob ich recht hatte.«

Bis nach Croustillier waren es nur acht Kilometer. Bei Altranft bog man nach einer fünfminütigen Fahrt links auf die L281 ein, überquerte nach wenigen Kilometern die alte Oder und dann tauchte das Ortsschild von Croustillier auf der linken Seite auf.

Wenn direkt unter dem Ortsschild ein Sackgassenschild angebracht ist, weiß man sofort, was einen erwartet – hier wollte man nicht tot überm Zaun hängen – Brandenburg halt. Es reichte nicht einmal für Straßennamen. Die Grundstücke waren einfach durchnummeriert. Wobei – nicht jede Hausnummer war sofort von der Straße aus zu erkennen. Dann teilte sich die einzige Straße auch noch.

»Und nun?« Brandauer sah seine Kollegin fragend an.

»Fahr links«, schlug sie vor.

»Warum links?«

»Warum nicht? Willst du lieber hier stehenbleiben?«

Brandauer folgte dem Vorschlag seiner Kollegin, bog nach links ein und tastete sich langsam auf der namenlosen Dorfstraße voran, auf der Suche nach versteckten Hausnummern.

»Guck du auf deiner Seite, ich gucke auf meiner Seite«, schlug sie ihm vor, als sie sah, dass sein Blick ständig von einer Seite auf die andere wechselte.

»Okay, ... 12.«

»... 18«

Brandauer musste an Loriot denken: »Spielen Sie Skat?«

Offensichtlich kannte seine Kollegin den Sketch, denn sie nahm den Faden textsicher auf: »Im Moment nicht! ...17«

»... 13«

Beide sahen sich verwundert an. Brandauer trat auf die Bremse. Wo, bitteschön soll dann die Nummer 21 sein? In jedem anderen Ort hätte man jetzt das Seitenfenster heruntergelassen und einen Passanten gefragt. Nur war hier bis jetzt niemand zu sehen. Nicht einmal eine der grauen, verwaschenen Gardinen bewegte sich. Brandauer blickte sich nach allen Seiten um.

Er kurbelte langsam das Fenster runter, um es im gleichen Augenblick auch schon wieder zu bereuen. Ihm schlug eine Hitzewelle entgegen, als hätte er eine Saunatür geöffnet.

»Ich frage mich, ob der Planet hier überhaupt bewohnt ist?«, bemerkte er.

»Immerhin wird hier Post zugestellt.« Seine Kollegin zeigte mit dem Zeigefinger nach vorn. Am Ende der Straße stand ein DHL-Fahrzeug in zweiter Spur. Brandauer kurbelte das Fenster wieder hoch, fuhr bis an den Wagen heran und stieg aus. Die Zustellerin war gerade dabei, die Briefe, die sie hier noch einwerfen wollte, zu sortieren.

»Entschuldigung, wo ist hier bitte das Haus Nummer 21?«

»Da müssen Sie wieder zurück und die Straße links runter. Das Haus liegt etwas außerhalb.«

»Danke!«

»Gerne!«

Brandauer trocknete sich die Stirn, stieg wieder ein und wendete.

»Wir hätten vorhin doch rechts fahren müssen, nicht links«, klärte er seine Kollegin auf.

»Tut mir leid, dass ich schon wieder versagt habe, Chef.«

Das Haus machte einen ziemlich heruntergekommenen Eindruck. Als sie sich dem Gartentor näherten, machte sich irgendwo lautstark ein Hund bemerkbar. Sie zogen es deshalb vor, nur zu klingeln und vor dem Tor zu warten.

Kaum hatten sie den Klingelknopf betätigt, schoss ein Rottweiler heran und bestätigte mit seinem Gebaren, dass ihre Entscheidung, vor dem Gartentor zu warten, die Bessere war. Nach einem weiteren Klingeln öffnete sich schließlich die Haustür des etwa zehn Meter zurückversetzten Hauses, und eine ältere

Frau erschien, mit einem Küchenmesser bewaffnet im Türrahmen.

Der Umstand, dass sie eine Schürze trug, sprach jedoch eher dafür, dass man sie beim Kartoffelschälen störte, als dass sie beabsichtigte, etwaige ungebetene Besucher abzustechen.

»Wir geben nichts!«, versuchte sie sich gegen das lautstarke Bellen ihres Hundes bemerkbar zu machen.

»Wir wollen auch nichts, gute Frau. Wir sind von der Polizei und haben nur ein paar Fragen«, rief die Kommissarin.

»So? Worum geht's denn?«

Die Frau machte keinerlei Anstalten, die beiden ins Haus zu bitten, sodass es für die Beamten so aussah, als müssten sie das Gespräch notgedrungen über den Gartenzaun fortsetzen.

»Könnten Sie vielleicht den Hund beruhigen, bevor wir weitersprechen?«

»Komm her, Hektor. Ist gut.« Sofort kehrte Ruhe ein, auch wenn Hektor, bevor er sich trollte, noch mit einem Knurren verdeutlichte, dass er nur widerwillig gehorchte.

»Ich nehme an, Sie sind Frau Reinsberg?«, setzte Brandauer das Gespräch nun deutlich leiser fort.

»Ja?!«

»Hans-Peter Reinsberg, ist das Ihr Mann?«

»Ja?!«

»Ist der eventuell zu sprechen?«

»Nein?!«

Die Reaktionen der Frau ließen erahnen, dass das eine zähe Angelegenheit werden würde.

»Fahren Sie einen roten Renault Clio mit dem Kennzeichen MOL WS 378?«

»Nein?!«

Brandauer und die Neubert sahen sich irritiert an. Dann übernahm die Kommissarin das Gespräch.

»Das Fahrzeug ist aber auf den Namen Ihres Mannes zugelassen.«

»Das mag schon sein, aber erstens kenne ich die Autonummer nicht und zweitens fährt mein Mann nicht mehr Auto. Der Wagen gehört meiner Enkeltochter. Sie hat ihn zum Abi von uns gekriegt. Wir haben ihn nur auf den Namen meines Mannes zugelassen, damit sie nicht so viel Versicherung zahlen muss.«

Brandauer blickte triumphierend zu seiner Kollegin und raunte ihr zu:

»Was hab ich gesagt?«

»Hätten Sie freundlicherweise Namen und Adresse Ihrer Enkelin für uns?«

»Wiebke! Wiebke Schirrmacher. Warum, ist was passiert?«

»Wissen wir noch nicht. Der Wagen ist nur falsch geparkt und wird demnächst abgeschleppt, wenn sie ihn nicht schnell wegfährt.«

Die Kommissarin wollte die alte Dame nicht unnötig beunruhigen, bevor man Näheres wusste.

»Wie schreibt sich Schirrmacher? Wie jemand, der Schirme macht?«

»Nein, mit zwei ‚r‘ und einem ‚m‘.«

»Hätten Sie vielleicht ihre Telefonnummer?«

»Moment, da muss ich reingehen und nachsehen.«

Kaum war sie im Haus verschwunden, fing der Köter wieder das Keifen an. Es dauerte nicht lange und der Sabber lief ihm in langen Fäden die Lefzen herunter.

Die Neubert versuchte, sich mit der Hand fächelnd Kühlung zu verschaffen:

»Ich muss unbedingt wieder in den Schatten, Franz. Ich halte das hier in der Hitze nicht mehr lange aus.«

Kurz darauf erschien die Alte mit einem kleinen Notizbuch wieder in der Tür:

»Gib endlich Ruhe, Hektor!«, fuhr sie energischer, als man es ihr ihrer Statur nach zugetraut hätte, den Hund an, und sagte dann den Beamten wieder zugewandt, in normalem Tonfall:

»0178 347 0619.«

Die Neubert gab die Nummer direkt in ihr Handy ein und stieg in den Landrover.

»Super, danke! Haben Sie auch noch eine Adresse für uns?«, hakte Brandauer derweil nach.

»Sie wohnt in Bad Freienwalde, in der Goethestraße. Die Nummer weiß ich nicht sicher, fünf oder sieben, glaube ich oder war es zwölf?« Sie sah in die Luft und zuckte mit den Schultern.

»Na, das werden wir schon rauskriegen. Sie wird ja da gemeldet sein.«

Nachdem man sich verabschiedet hatte, brachte Hektor noch einmal lautstark sein Bedauern zum Ausdruck, dass man schon gehen wollte, und folgte dem Kommissar noch keifend auf der anderen Seite des Zauns, soweit der es zuließ.

Die Neubert hatte, als Brandauer einstieg, ihr Handy bereits wieder eingesteckt und sagte:

»Der Teilnehmer ist im Augenblick leider nicht erreichbar.«

Kapitel 9

Nachdem Janine am Tag darauf ihr Frühstück zuberei-
tet hatte, ging sie noch einmal zum Zimmer ihrer Mitbewohnerin und lauschte an der Tür. Es war kein Ton
zu hören. Sie klopfte vorsichtig an, weil sie sich nicht
sicher war, ob sie eventuell ihren neuen Freund, den
sie im Internet kennengelernt hatte, gleich am ersten
Abend mit nach Hause genommen hatte. Zuzutrauen
war es ihr. So, wie sie verknallt war. Gestern war sie
nicht nach Hause gekommen. Janine war sich sicher
gewesen, dass sie direkt nach dem Konzert mit ihm
mitgefahren war. Aber es war völlig untypisch, dass
sie sich noch nicht gemeldet hatte.

Schließlich war da noch Minky, ihr Kater, um den
sie sich kümmern musste. Der brauchte jeden Tag sein
Futter und auch das Katzenklo musste täglich gesäu-
bert werden. Janine hatte kein Problem damit, ihr das
abzunehmen. Aber sie war schon mehr als irritiert,
dass sie das nicht mit ihr verabredet hatte. Es hätte ja
schließlich auch sein können, dass sie selbst etwas
vorgehabt hätte.

Während sie noch ihr Ohr an der Tür ihrer Mitbewohnerin hatte, strich ihr der Kater um die Beine
und gab Klagelaute von sich. Er hatte definitiv hunger.
Janine öffnete vorsichtig die Tür und lugte um die
Ecke.

»Wiebke?«

Das Zimmer war leer. Es sah noch haargenau so aus wie am Samstag, als sie sich für das Konzert zurechtgemacht hatte. Mehrere Kleider und Gürtel lagen auf dem Bett. Und das wurde seitdem nicht benutzt.

Allmählich wurde ihr mulmig. Sie ging zurück in die Küche und versorgte den Kater. Nachdem sie ihm Futter hingestellt hatte, versuchte sie ihre Freundin noch einmal telefonisch zu erreichen.

Das Gefühl, dass hier etwas nicht stimmte, manifestierte sich immer mehr zu einem Klumpen in ihrem Magen. Sie kauerte sich in die Ecke ihres Zimmers und hämmerte eine kurze Whatsapp-Nachricht in ihr Handy.

‚Wo steckst du? Melde dich bitte. Ich mache mir große Sorgen!‘

Dann überlegte sie, welches Smiley am besten passen würde, und entschied sich für das *verwunderte Gesicht*, um es sofort wieder zu löschen und durch das *vor Angst erstarrte Gesicht* zu ersetzen.

Alle Nachrichten, die sie in den letzten beiden Tagen abgeschickt hatte, wurden von ihrer Freundin bis heute nicht gelesen, ja nicht einmal übermittelt.

Nachdem auch diese Nachricht nicht zugestellt wurde, stand sie auf, um das zu tun, was sie schon gestern hätte tun sollen – zur Polizei gehen.

Der stark untersetzte Beamte und sein deutlich jüngerer Kollege auf dem Revier in Bad Freienwalde waren gerade beim Frühstücken, als die junge Frau die Tür zur Wache aufstieß. Sie trat bis an den brusthohen Tresen vor und wartete geduldig.

Der Ältere biss noch einmal beherzt in sein Mettbrötchen, sah sich zu der jungen Frau um, dann zu seinem Kollegen und sagte mit einem Fingerzeig in Richtung Tresen:

»Machen Sie das mal, Hansen.«

Der junge Polizeimeisteranwärter legte sein Käsebrot auf dem Pergamentpapier ab, in das es bis vor wenigen Minuten noch eingewickelt war, wischte sich mit dem Ärmelende seines dunkelgrünen Pullovers flüchtig über den Mund und erhob sich.

»Was können wir für Sie tun?«

Und dann berichtete Janine, dass ihre Mitbewohnerin seit drei Tagen verschwunden sei, sie sie nicht telefonisch erreichen könne und sie nicht auf Nachrichten antworten würde.

Hansen versuchte, die junge Frau zu beruhigen. Er stellte allerlei Vermutungen an, die ihr Fernbleiben und den Umstand, dass sie nicht an ihr Telefon gegangen ist, erklären könnten. Doch allen Beschwichtigungsversuchen zum Trotze blieb sie bei der Überzeugung, dass das nicht normal sei und sie deshalb eine Vermisstenanzeige aufgeben möchte.

Hansen sah zu Brömel rüber, der inzwischen sein Mettbrötchen verzehrt hatte und ihm zunickte. Seine erste Vermisstenanzeige! Er ging zurück, setzte sich, die Hände wie unter einem Wasserhahn reibend, an seinen Computer und starrte eine ganze Weile auf den

Monitor. Offensichtlich wartete er auf eine Eingebung, wie er an das erforderliche Formular für diesen Vorgang kommen würde.

»F 36a!«, soufflierte ihm Brömel.

»Danke, Chef!«

Der junge Schlacks pirschte sich, im Sekundentakt abwechselnd mit beiden Zeigefingern tippend, an das besagte Formular an und nahm anschließend die persönlichen Daten auf, die die junge Frau ihm zukommen ließ. Das erste Datenblatt befasste sich ausschließlich mit der Person, die die Anzeige aufgab. Das atemberaubende Tempo, mit dem der Polizeimeisteranwärter voranschritt, verlangte Janine alles ab, was ein Mensch an Geduld aufzubringen im Stande war. Sie war inzwischen völlig aufgelöst und die Tränen liefen unaufhaltsam. Irgendwann war man schließlich doch auf der zweiten Seite des Formulars angelangt.

»Name der vermissten Person?«

»Wiebke Schirrmacher.«

Als Brömel den Namen hörte, sprang er auf, richtete seine Hose, und verließ im Eiltempo das Büro. Noch im Gehen rief er Hansen zu:

»Machen Sie ruhig weiter!«

Wenig später klopfte es an der Tür des Kommissariats. Ohne eine Antwort abzuwarten, riss Brömel die Tür auf und sagte:

»Kommt mal mit runter, bitte.«

Dann war er auch schon wieder verschwunden und im Laufschritt auf dem Weg nach unten. Brandauer und die Kommissarin sahen sich verwundert an, erhoben sich schließlich und folgten dem Kollegen.

Hansen war gerade dabei, in den Computer einzugeben, wann die Vermisste zuletzt gesehen wurde, als die drei das Büro von Brömel betraten.

Der Polizeihauptmeister stellte beide kurz vor:

»Das ist Oberkommissarin Neubert und das ist Hauptkommissar Brandauer«, und dann an die junge Frau gerichtet:

»Ihren Namen habe ich leider wieder vergessen, junge Frau.«

»Janine Krüger.«

»Richtig! Dann erzählen Sie doch unseren Kommissaren bitte noch einmal, Janine, was Sie uns gerade erzählt haben.«

Brömel setzte sich, schlug die Beine übereinander und verschränkte die Arme vor der Brust. Die Neubert und Brandauer blieben bei der jungen Frau stehen und hörten sich die ganze Geschichte in Ruhe an.

Als sie fertig war, sah die Kommissarin ihren Chef auf eine Weise an, die ihm klarmachen sollte, dass sie das Gespräch mit der jungen Frau allein weiterführen wollte, sozusagen von Frau zu Frau. Sie nahm Janine beiseite und fragte sie:

»Fährt Ihre Freundin einen roten Renault Clio?«

»Ja! Woher wissen Sie? ... Ist sie verunglückt ... Ist ihr was zugestoßen?«

»Wir wissen es nicht. Der Wagen steht am Schloss Neuhardenberg.«

»Da wollte sie Samstag Abend hin, zu einem Jazzkonzert. Wobei sie das Konzert nicht sonderlich interessierte. Sie hatte sich da mit jemandem verabredet.«

»Wissen Sie, mit wem?«

»Nein, sie wusste es ja selbst nicht.«

»Wie meinen Sie das, sie wusste es selber nicht.«

»Na, sie hatte den Typ auf einer Datingplattform kennengelernt, aber nie vorher gesehen. Das war sozusagen ihr erstes Date.«

»Hat sie den Mann mal irgendwann näher beschrieben? Alter? Name? Aussehen? Beruf? ... Oder anders gefragt: Wissen Sie irgendetwas über den Mann, mit dem sie verabredet war?«

»Nicht wirklich. Er war wohl in ihrem Alter, recht sportlich.«

»Hatte sie Ihnen ein Foto gezeigt?«

»Nein. Er wollte ihr keins schicken. Wollte sich lieber mit ihr treffen.«

»Hatte er ein Foto von ihr?«

»Ja, ich musste sie extra für ihn fotografieren.«

»Wissen Sie, was sie an diesem Abend anhatte?«

»Sie trug das gleiche Kleid, das sie auch auf dem Foto anhatte. Es war sein Wunsch. Ein Sommerkleid, mit Blümchenmuster und weiße Chucks. Ich weiß es deshalb, weil sie mich noch vorher fragte, ob sie so gehen könne.«

»Haben Sie das Foto auf Ihrem Handy, Janine?«

»Nein, ich habe es mit ihrem Handy gemacht.«

»Haben Sie irgendein anderes Foto von ihr auf Ihrem Handy?«

»Bestimmt.«

Janine scrollte mit dem Fingernagel ihres rechten Zeigefingers durch ihre Fotogalerie, bis sie eins gefunden hatte.

»Hier sind wir beide drauf. Das war vor zwei Monaten auf einer Radtour.«

»Schade, da hat sie leider eine Sonnenbrille auf. Seien Sie bitte so gut und gucken Sie noch einmal in Ruhe nach einem Foto, das für die Vermisstenanzeige taugt, und lassen Sie es uns möglichst schnell zukommen. Wissen Sie, was sie noch anhatte?«

»Für welche Jacke sie sich entschieden hatte, weiß ich nicht. Da müsste ich noch einmal in ihrem Schrank nachsehen, welche fehlt.«

»Tun Sie das bitte, Janine.«

Die Kommissarin unterbrach das Gespräch und drehte sich zu Brömel um.

»Geben Sie mal bitte den Stofffetzen rüber, den wir gefunden haben.«

Brömel kramte in einer Kiste, in der sie die Fund-stücke vom Unfallort aufbewahrten und gab der Kommissarin die Plastiktüte, nach der sie verlangt hatte.

»Könnte das ein Stück von ihrem Kleid sein?«, fragte sie die junge Frau.

Als die den Stofffetzen sah, schlug sie die Hände vor dem Gesicht zusammen und fing bitterlich an zu weinen.

Die Neubert nahm sie in den Arm und versuchte, sie zu beruhigen, auch wenn die Umstände mehr als beunruhigend waren.

»Das muss noch nichts heißen. Wir haben keinerlei konkrete Hinweise, dass ihr etwas zugestoßen sein könnte.«

Dass man auch ihre Schuhe gefunden hatte, wollte sie lieber verschweigen.

»Sie sollten jetzt wieder nach Hause gehen, Janine. Es sollte jemand da sein, falls sie zurückkommt. Versuchen Sie weiter, sie zu erreichen, und geben Sie uns Bescheid, falls Sie erfolgreich sein sollten. ... Und vergessen Sie das Foto bitte nicht!«

»Aber geben Sie uns bitte vorher noch Ihre Telefonnummer«, fügte Brandauer hinzu.

»Die habe ich schon aufgenommen, Herr Hauptkommissar«, meldete sich Hansen aus dem Off.

Nachdem die junge Frau Brömels Büro verlassen hatte, sahen sich alle Beteiligten betroffen an.

»Schöne Scheiße!«, resümierte Brandauer. »Ich muss jetzt erst mal eine rauchen.«

Er ging nach oben, um sich eine Zigarette zu holen. Die Neubert wartete im Treppenaufgang auf ihn. Wenig später sah man beide auf dem Hof des Reviers stehen.

»Denkst du auch, was ich denke?«

»Ich denke, wir haben es hier mit einer von langer Hand geplanten Entführung zu tun«, sagte Brandauer.

»Sehe ich auch so. Unser Truckfahrer ist ganz offensichtlich das Date aus dem Internet.«

»Und er hat sich nicht mit ihr getroffen, sondern sie draußen abgepasst.«

»Wie kommst du darauf, Franz?«

»Du selbst hast mir gesagt, sie hätte das Gelände allein verlassen.«

»Stimmt! Aber er muss trotzdem auf dem Festival gewesen sein ...«

»...um ihr die Autoschlüssel zu klauen?«, fragte Brandauer.

»Aber so was kann man doch nicht planen!«

»Ich denke, er hat improvisiert. Er hatte ja den ganzen Abend Zeit, sich zu überlegen, wie er sie in sein Auto kriegen könnte. Wenn das mit dem Schlüssel nicht geklappt hätte, hätte er ihr vielleicht die Reifen aufgeschlitzt, wer weiß.«

»Vielleicht hatte sie den Schlüssel ja tatsächlich verloren.«

»Das glaube ich nicht, Beate. Er musste sich sicher sein, dass sie nicht mit ihrem Wagen nach Hause fahren konnte, damit er als Retter in der Not auftauchen konnte. Ich bin mir sicher, dass er ihren Schlüssel hatte.«

»Leider wissen wir so gut wie nichts über ihn, Chef. Nur, dass er jung und sportlich ist.«

»Ich denke, da kannst du eher vom Gegenteil ausgehen, Beate.«

»Wieso das?«

»Weil ich nicht davon ausgehe, dass jemand, der eine Entführung plant, vorher eine genaue Beschreibung seiner Person ins Internet stellt.«

»Da hast du natürlich recht. So gesehen, haben wir nichts.«

»Das würde ich nun auch wieder nicht sagen.«

»Ah! Der Profiler meldet sich in dir. Dann schieß mal los.«

Die Kommissarin grinste vergnügt, warf mit einer lässigen Bewegung ihren geflochtenen Zopf zurück, verschränkte die Arme und lehnte sich mit übergeschlagenen Füßen abwartend an die von der Sonne angewärmte Hauswand.

Brandauer stupste sich eine neue Zigarette aus der Packung und schob sie sich in den Mundwinkel.

»Unser Mann beobachtete auf dem Festival sein Opfer. Die Tatsache, dass er so nah an ihr dran war, dass er die Gelegenheit hatte, ihr die Autoschlüssel zu klauen, spricht dafür, dass er nicht befürchten musste, erkannt zu werden.«

»Stimmt!«

»Er ist weder jung noch sportlich!«

»Okay!«

»Ansprechen tut er sie erst nach dem Konzert, denn sie verlässt das Gelände ja allein.«

»Richtig.«

»Sie steht vor ihrem Auto und weiß nicht, was sie machen soll. Sucht wahrscheinlich weiter nach ihrem Schlüssel.«

»Wahrscheinlich.«

»Er kommt mit dem Truck vorbei und fragt, ob er ihr helfen kann ... bla ... bla ... bla. Sie steigt zu ihm ein. Was sagt uns das?«

»Sie muss ihm vertraut haben.«

»Richtig, Frau Kommissarin!«

»Oberkommissarin bitte! ... Vielleicht kannte sie ihn?«

»Falsch! Dann hätte sie ihn ja schon auf dem Konzert erkannt.«

»Stimmt auch wieder.«

»Also?«

»Also, was?« Die Neubert konnte ihm nicht mehr folgen.

»Also kann er ihr Vertrauen erst im Gespräch gewonnen haben. Er ist ein Sympath, kann sich gut ausdrücken, ist charmant, sieht nett und ungefährlich aus. Ist wahrscheinlich etwas älter, aber nicht zu alt. Vielleicht um die fünfzig.«

»Warum nicht älter?«

»Weil er dann Probleme gehabt hätte, sie auf dem Acker einzuholen und zu überwältigen.«

»Was noch?«

»Er wird etwa ein Meter achtzig bis ein Meter neunzig groß sein.«

»Woher willst du das nun schon wieder wissen, Franz?«

»Wer mit Schuhgröße 45 kleiner als ein Meter achtzig ist, ist zu korpulent, für die Nummer auf dem Feld. Wer größer als ein Meter neunzig ist, hat wenig

Chancen, mitten in der Nacht so vertrauenswürdig zu wirken, dass man als junge Frau bedenkenlos zu ihm in so ein Auto steigt. Würde mich nicht wundern, wenn das ein ganz biederer Familienvater ist.«

So, wie Brandauer die Neubert ansah, schien er seiner Sache sehr sicher zu sein.

»Außerdem wird er aus der Gegend hier stammen. Wenn sie selber nicht auf Jazz stand, wird der Vorschlag, sich auf dem Festival zu treffen, eher von ihm gekommen sein. Das spricht wieder dafür, dass er in irgendeiner Lokalzeitung von dem Konzert gelesen hat, oder irgendwo einen Anschlag gesehen hat, auf dem für das Event geworben wurde. Wir sollten mal nachfragen, wo die Plakate überall aushingen.

Ich vermute, dass er wesentlich mehr über sie wusste, als sie von ihm. Ich gehe sogar davon aus, dass er sie vorher schon eine ganze Weile beobachtet hatte. Das wäre alles viel zu kompliziert, wenn man weiter weg wohnt.«

Erst jetzt zündete Brandauer seine Zigarette an. Für die Kommissarin ein Hinweis, dass er mit seinen Ausführungen fürs Erste am Ende war.

»Wir müssen in die Wohnung der Schirrmacher, um einen Spurenträger für einen DNA-Abgleich zu besorgen«, sagte die Neubert. »Vielleicht finden wir ja auch auf dem Computer des Opfers irgendwelche Hinweise über unseren sympathischen Truckfahrer. Ich ruf noch mal ihre Mitbewohnerin an, ob sie jetzt zu Hause ist.«

»Tu das, ich rauch noch auf.«

Die Kommissarin ging zurück ins Büro und ließ ihren Chef allein auf dem Hof zurück. Das Telefonat brachte ein ernüchterndes Resultat. Wiebke Schirrmacher hatte keinen Computer. Sie erledigte, wie viele junge Leute heutzutage, alles über ihr Smartphone. Und das hatte sie natürlich bei sich.

Als Brandauer aufgeraucht hatte, ging er hoch zu Schiller.

Schiller war im Revier für alles zuständig, was im weitesten Sinne mit Technik zu tun hatte und spezialisiert auf das Auslesen von verschlüsselten Daten.

Brandauer klopfte kurz an, öffnete die Tür zu Schillers Werkstatt und steckte seinen Kopf durch die Türöffnung.

»Hallo Schiller, wir brauchen dich. Du bist doch bestimmt in der Lage, das Handy der Schirrmacher zu orten, oder?«

Schiller, der gerade die Tastatur eines PCs auseinandergenommen hatte und mit einem Spray reinigte, unterbrach seine Arbeit und sah kurz auf:

»Logo, Franz, hast du eine richterliche Verfügung?«

»Geht's nicht auch ohne?«

»Klar geht's auch ohne, aber ich wollte meinen Job eigentlich noch 'ne Weile behalten.«

Brandauer verdrehte die Augen und machte sich frustriert auf den Weg zu seinem Büro.

Kapitel 10

In den nächsten Tagen passierte nicht viel. Man trat auf der Stelle, war keinen Schritt vorangekommen. Im Radio hatte man um sachdienliche Hinweise zu dem Autounfall gebeten. Jeden Hinweis auf eine Entführung und den schwarzen Truck ließ man weg, um den Täter nicht aufzuscheuchen.

Die Resonanz war gleich null, von den wenigen Spinnern abgesehen, die meinten, der Polizei das erzählen zu müssen, was sie selbst erst kurz vorher in der Zeitung gelesen hatten.

Der DNA-Abgleich mit Haaren aus Wiebke Schirrmachers Bürste und dem Blut am Unfallort brachte die Gewissheit, dass es sich um ein und dieselbe Person handelte. Von jetzt an war aus dem Unfallort ein Tatort geworden und aus dem tragischen Unfall der Entführungsfall Wiebke Schirrmacher.

»Ich fürchte, wir werden erst weiterkommen, wenn wir die Leiche der Schirrmacher gefunden haben«, sagte Brandauer.

»Warum gehst du gleich wieder vom Schlimmsten aus, Chef?«

»Die wurde nicht entführt, um ein Lösegeld zu erpressen. Weder sie noch ihre Großeltern sehen so aus, als hätten sie mehr als tausend Euro auf dem

Konto. Wir sollten versuchen, ihre Eltern ausfindig zu machen, um ganz sicherzugehen.«

Als man Kontakt mit Wiebkes Eltern aufnahm, sah man an den ärmlichen Verhältnissen, unter denen sie lebten sofort, dass man eine Entführung mit erpresserischer Absicht ausschließen konnte. Man beschränkte sich aufgrund des aktuell eher dürftigen Kenntnisstands darauf, ihnen zu sagen, dass sich die Mitbewohnerin ihrer Tochter um sie sorgen würde, weil sie seit einigen Tagen nichts von ihr gehört hätte. Die Eltern bestätigten, dass auch sie nicht in den letzten Tagen miteinander telefoniert hätten, fügten aber sofort hinzu, dass ihre Tochter sich nur selten bei ihnen melden würde.

Auch der Umstand, dass sich bis jetzt offensichtlich keine Entführer bei den Eltern gemeldet hatten, sah Brandauer als Bestätigung für seine Vermutung, dass es sich hier wahrscheinlich nicht um einen Erpressungsversuch handelte.

Die Kommissarin, die sich die letzten Stunden im Internet unzählige Kleinlaster und Trucks angesehen hatte, ließ ihre Maus fallen und lehnte sich resigniert, die Arme hinter dem Kopf verschränkt, in ihrem Bürostuhl zurück.

Brandauer stand am Fenster und starrte ins Nichts.

»Es macht irgendwie keinen Sinn, nach schwarzen Trucks im Umkreis zu fahnden, wenn man nicht irgendeinen Hinweis hat, um welchen Fahrzeugtyp es sich handelt.«

»Wir sollten versuchen, über die Dating-Plattform weiter zu kommen, Beate.«

»Dann lass uns noch mal zu Schiller hochgehen, vielleicht hat der eine Idee.«

Sie gingen in den 3. Stock, wo Schiller seine Werkstatt hatte. Als sie den Raum betraten, war nichts von ihm zu sehen. Nicht etwa, weil er nicht da war, sondern weil nicht sofort zu erkennen war, hinter welchem der zehn Monitore er saß oder an welchem der zahlreichen PCs er gerade rumschraubte.

»Schiller?«

»Moment!«

Es dauerte einen Augenblick, dann erschien sein Kopf hinter einer Arbeitsplatte. Er hatte wohl auf dem Boden nach einer Schraube gesucht, die ihm runtergefallen war.

»Was kann ich für euch tun?«

»Es geht noch mal um den Fall Schirrmacher. Siehst du irgendeine Möglichkeit an die Daten der Dating-Plattform ranzukommen?«

»Wenn du mir ihren PC gibst.«

»Sie hat keinen. Hat alles übers Handy gemacht.«

»Aber das habt ihr natürlich auch nicht, oder?«

»Natürlich nicht.«

Schiller, der gerade dabei war, die Festplatte eines PCs auszubauen, ließ sich nicht davon abhalten, seine Arbeit fortzusetzen. Er antwortete:

»Dann haben wir keine Chance!«

»Aber die Daten müssen doch irgendwo gespeichert sein«, hielt Brandauer dagegen.

»Das sind sie mit Sicherheit. Aber die Server stehen irgendwo in Panama oder weiß der Henker wo. Da findest du keinen Richter, der dir die Genehmigung erteilt.«

»Mensch Schiller! Du bist 'ne richtige Spaßbremse, weißt du das?«

Brandauer und die Neubert sahen sich frustriert an, verabschiedeten sich und trotteten niedergeschlagen wieder hinunter in ihr Büro. Während die Kommissarin sich wieder an ihren Schreibtisch setzte und unverwandt geradeaus sah, blieb Brandauer vor dem Fenster stehen und starrte hinaus.

Nach einer Weile sagte sie: »Der Einzige, der uns jetzt noch weiterhelfen könnte, wäre Uwe Wertheimer. Hast du irgendwas gehört, ob der noch lebt, Franz? ... Fra-anz?«

Für einen kurzen Augenblick erwachte Brandauer aus seiner Starre und wendete sich ihr zu.

»Wie? ... Was? ...Nee, die wollten sich melden, wenn er ansprechbar ist«, ... um gleich darauf wieder aus dem Fenster zu starren.

»Ich glaub, ich fahr da mal hin. Ich hatte eh überlegt, ob ich mir morgen freinehme, weil meine Schwester Geburtstag hat. Die wohnt in Berlin. Ich könnte sie besuchen und bei der Gelegenheit mal im Krankenhaus vorbei fahren.«

»Tu das.«

Die Kommissarin war sich nicht sicher, ob ihr Chef überhaupt zugehört hatte, und witterte die Chance, das ausnutzen zu können.

»Kann ich den BMW nehmen?«

Brandauer brummte nur.

»Das wäre ja dann eine Dienstreise, oder?«

Brandauer brummte erneut geistesabwesend, was man selbst als neutraler Beobachter der Szene mit Recht als Zustimmung interpretieren konnte.

»Dann muss ich mir also keinen Urlaubstag dafür nehmen?«

Erst jetzt kam er wieder zu sich.

»Wie?... Was? ... Nein, nein!«, um sich sofort weiter dem zu widmen, was er bis eben gedanklich tat. Was immer das auch war. Die Neubert fragte sich, ob er sich wohl morgen noch an dieses Gespräch würde erinnern können, wenn er feststellt, dass er allein im Büro sitzt, ließ es aber dabei bewenden.

Am nächsten Morgen war die Kommissarin früh auf, hatte in Ruhe gefrühstückt und im Blumenladen an der Ecke noch schnell einen kleinen Strauß für Uwe besorgt. Auch wenn sie sich nicht sicher war, ob auf der Intensivstation überhaupt Blumen gestattet waren. Falls nicht, dachte sie, könnte sie den Strauß ja immer noch ihrer Schwester schenken. Für ein anderes Geschenk für ihre Schwester reichte die Zeit nicht. Sie hätte auch nicht wirklich gewusst, wo und vor allem was sie ihr hätte kaufen sollen.

Kaum war sie losgefahren, klingelte ihr Handy.

»Morgeeen!«

»Wo steckst du?«

Genau so hatte sie sich das vorgestellt.

»Bin auf dem Weg nach Berlin, Chef, wie gestern abgesprochen.«

»Hatten wir das?«

»Ja, hatten wir.«

»Und warum?«

»Um nach dem Zustand von Uwe zu sehen, Chef.«

Sie hielt es nicht für nötig, den beabsichtigten Besuch bei der Schwester noch einmal ins Feld zu führen.

»Wir vermissen den BMW. Hast du den?«

»Jaaa, ... wie gestern besprochen!«

»So? Hatten wir das?«

»Jaaa, hatten wir!«

»Ach so, na dann gute Fahrt!«

»Tschüüüss! Bis morgen.«

Sie steckte feixend das Handy in die Halterung am Cockpit zurück und schaltete das Radio ein.

‚Eighties, eighties! Hier ist er wieder. Euer Lieblingssender mit den besten Hits aus den Achtzigern. Wir starten heute mit Highway To Hell von AC/DC.‘

Es war in der Tat ihr Lieblingssender. *Highway To Hell* war zwar von 1979, aber der Sender nahm es nicht so genau und das war gut so. Aber sich jetzt diesen Song anzuhören, wäre pietätlos gewesen. Sie switchte zu einem anderen Sender und gab ordentlich Stoff.

Der BMW flog nur so über die Landstraße. Nach ihrer Rechnung musste sie etwa in einer Stunde in Berlin sein. Sollte sie in einen Stau kommen, konnte sie immer noch das Blaulicht aufs Dach setzen und das Signalhorn einschalten – schließlich war sie ja im Einsatz.

Das Blaulicht setzte sie erst aufs Dach, als sie am Krankenhaus angekommen war, und wurde ohne weitere Fragen bis aufs Gelände durchgelassen. Dort parkte sie direkt neben dem Parkplatz für den Chefarzt und ging zur Notaufnahme.

Die Dame am Schalter verwies sie in die erste Etage, wo sie nach Dr. Jankowski fragen sollte.

Auf dem Gang vor dem Schwesternzimmer war mächtig Betrieb. Zwei Pflegekräfte waren damit beschäftigt, Essen zu verteilen, eine andere hatte offensichtlich die Aufgabe, die Patienten mit Medikamenten zu versorgen. Einige Patienten lagen auf dem Flur in ihrem Bett und warteten darauf, wo auch immer hingefahren zu werden. Ihr Rufen nach einer Schwester wurde geflissentlich überhört.

Alles in allem wirkten die Kräfte, die die Situation managen sollten, recht überfordert. Fachkräftemangel und Pflegenotstand waren wohl auch in diesem Krankenhaus angekommen.

Der Doktor machte, wie man ihr sagte, gerade Visite. Sie sollte sich noch etwas gedulden. Sie überbrückte die Zeit in einem Warteraum für Besucher.

Nach der vierten Illustrierten und einer guten halben Stunde geduldigen Wartens erschien er endlich.

»Hallo, was kann ich für Sie tun?« Sein Blick auf seine Uhr gab ihr das Gefühl, dass er nicht gewillt war, sich lange mir ihr zu beschäftigen. Sie legte die Zeitschrift beiseite und stand auf.

»Neubert ist mein Name. Vom Polizeirevier in Bad Freienwalde. Ich untersuche den Unfall, bei dem ein Patient von Ihnen zu Schaden gekommen ist – Herr Wertheimer.«

Die Art und Weise, wie der Doktor sie musterte, machte ihn ihr unsympathisch.

»Können Sie sich ausweisen?«

»Selbstverständlich.«

Die Kommissarin holte ihren Dienstausweis aus der Gesäßtasche ihrer Jeans und zeigte ihn artig vor. Dr. Jankowski schob seine Brille auf die Stirn, hielt sich den Ausweis dicht vor die Augen, kniff sie so weit zu, dass man nicht mehr das Gefühl hatte, dass er noch etwas sehen konnte, und studierte ihn gründlichst.

Sie fragte sich, wie schlecht er erst mit Brille sehen würde, wenn er sie zum Lesen extra abnimmt. Er schob seine Brille wieder zurück auf die Nase und gab ihr den Ausweis wieder.

»Tja, da kommen Sie etwas zu spät, junge Frau. Wir werden die Geräte wohl demnächst abschalten.«

»Das ist jetzt nicht Ihr Ernst!«

»Andererseits hätte es auch keinen Unterschied gemacht, wenn Sie früher gekommen wären.«

»Können Sie mir das bitteschön erklären?«

»Na ja, er hatte eine schwere Hirnkontusion und war zu keiner Zeit ansprechbar, bis zuletzt nicht. Sein Zustand war zu jeder Zeit hoffnungslos. Er hatte neben dem schweren Schädel-Hirn-Trauma noch eine Leber- und Milzruptur, die wir in einer Not-OP operiert haben.

Wir waren drei Tage lang rund um die Uhr nur damit beschäftigt, seinen Kreislauf zu stabilisieren. Die zahlreichen anderen Verletzungen, die er bei dem Unfall noch davongetragen hatte, mussten wir völlig ignorieren. Er hätte vermutlich keine der noch anstehenden Operationen überlebt.«

»Wann ist er gestorben?«

»Ich hab nicht gesagt, dass er tot ist, junge Frau.«

»Na, immerhin sprechen Sie von ihm ja in der Vergangenheitsform.«

»Man könnte seinen momentanen Zustand mit etwas Optimismus als Wachkoma beschreiben. Wir haben ihn allerdings aufgrund der Polytraumalage aufgegeben und warten nur noch auf den abschließenden Bericht des Neurologen. Ich gebe ihm nur noch wenige Tage.«

»Und was heißt das jetzt?«

»Wir hoffen immer noch, dass die Mutter zustimmt, dass er als Organspender infrage kommt. Aber auch die Entscheidung müsste bis spätestens übermorgen fallen. Irgendeine Kraft in ihm lässt ihn nicht sterben. So etwas habe ich noch nicht gesehen.

Sein Herz schlägt einfach weiter. Selbst sein EEG zeigt hin und wieder noch Ausschläge.«

»Könnte ich zu ihm?«

»Ich weiß nicht, was Sie sich davon versprechen. Auch muss ich Sie vorwarnen. Er ist durch den Unfall entstellt und bietet keinen schönen Anblick, aber bitteschön. Von den Blumen wird er allerdings nicht viel haben.«

»Ist nur eine Geste.«

Er machte eine ihr den Weg weisende Bewegung mit dem Arm und ging voran. Die Kommissarin konnte nicht verstehen, wie man jemanden aufgeben kann, dessen Herz noch schlägt, aber sie war ja auch keine Ärztin.

»Wir mussten ihn aus der Intensivstation hierher verlegen, weil wir das Bett brauchten.«

Als der Doktor die Tür zu seinem Zimmer öffnete, blieb sie kurz stehen und fragte ihn:

»Kann er mich hören?«

»Ich würde das eher ausschließen. Wenngleich einige Areale seines Gehirns wie gesagt hin und wieder noch arbeiten. Aber ich führe das nur auf das hoch dosierte Fortecortin zurück. Also rechnen Sie mit keinerlei Reaktionen.«

Er ließ sie eintreten und schloss hinter ihr die Tür. Sie überlegte noch einmal, ob sie sich das antun wollte. Dann machte sie langsam ein, zwei Schritte nach vorne.

Mein Gott, was war das für ein erbärmlicher Anblick. Vor ihr lag jemand, dessen Gesicht durch massive äußere Gewalteinwirkung so in Mitleidenschaft gezogen war, dass es als Gesicht kaum noch zu erkennen war. Sie musste an all die Science-Fiction-Filme denken, in denen Aliens mitspielten. *‚Er kann unmöglich angeschnallt gewesen sein'*, dachte sie sofort, führte erschrocken die Hand zum Mund und trat vorsichtig noch etwas näher. Es dauerte nicht lange und ihr flossen die ersten Tränen. Jetzt war ihr klar, warum es keinen Sinn machte, diesen Menschen noch am Leben halten zu wollen, unabhängig aller inneren Verletzungen, die er noch haben würde.

Nur mit Mühe erkannte sie die Stellen, wo die Augen sitzen mussten, eine Nase gab es praktisch nicht mehr. Nur eine Öffnung in der zwei Plastikschläuche verschwanden. Irgendwo darunter, ein Stück nach links versetzt ein weiteres Loch, offensichtlich der Mund. Der Kiefer schien mehrfach gebrochen und ausgerenkt.

Der kleine Monitor ließ erkennen, dass das Herz dieses Wesens noch schlug, wenn auch sehr langsam. Es musste ein sehr kräftiges Herz sein. Die Kommissarin ging ganz dicht an Wertheimer heran, beugte sich zu ihm hinunter und flüsterte:

»Hallo Uwe ich bin es, Beate Neubert. Erinnerst du dich noch an mich? Ich bin jetzt bei der Polizei in Bad Freienwalde. Kannst du mich hören?«

Sie richtete sich wieder auf und beobachtete ihn. Keine Reaktion. Sie bückte sich noch einmal zu ihm hinunter:

»Uwe hörst du mich? Falls ja, bewege bitte mal die Augen.«

Sie richtete sich wieder auf und beobachtete die Stellen, wo sie die Augenlider vermutete. Aber nichts tat sich.

‚Mein Gott, was mach ich hier eigentlich‘, fragte sie sich spätestens jetzt. Das sah absolut hoffnungslos aus. Sie zog sich den Stuhl, der in der Ecke stand an das Bett heran und setzte sich.

Dann begann sie eher zu sich selbst zu sprechen:

»Uwe. Das kannst du mir nicht antun. Du bist unsere einzige Hoffnung.«

Sie griff nach seiner rechten Hand. Sie schien unversehrt, geradezu makellos, im Vergleich zu seinem Gesicht. Sie war ihr so vertraut, als hätte sie sie erst gestern das letzte Mal berührt. Es war eine schöne Hand, zu der einmal ein schöner Körper gehörte. Bilder aus der Zeit, als sie noch mit ihm zusammen war, schossen ihr plötzlich durch den Kopf.

Sie waren bis nach dem Abi zusammen und absolut unzertrennlich. Dann bekam er einen Studienplatz in München und sie machte eine Ausbildung in Frankfurt/Oder. Das ging nicht lange gut. Im ersten Jahr nach seinem Umzug besuchten sie sich noch alle vierzehn Tage gegenseitig. Dann nur noch ein Mal im Monat und dann gestand er ihr eines Tages, dass er eine andere kennengelernt hätte.

Er hatte das nicht gewollt, kam aber mit der Entfernung nicht klar. Auch damit nicht, auf Feten immer

128

nur rumzusitzen, während sich seine Freunde mit Frauen amüsierten. Irgendwann war es dann halt passiert. Sie heulte damals wie ein Schlosshund und war über Monate nicht zu gebrauchen. Nach dieser Erfahrung hatte sie sich geschworen, sich nie wieder zu verlieben.

Und jetzt betrachtete sie sich die einzelnen Finger seiner Hand. Sie waren sehr gepflegt. Einen Ring trug er nicht, aber vielleicht hatte man ihm den auch abgenommen.

Sie legte seine Hand in ihre und begann, sie mit ihrer Linken zärtlich zu streicheln. Dann kamen wieder die Tränen. Sie konnte nichts dagegen tun. Sie liefen einfach. Schließlich heulte sie wie ein Schlosshund.

Ihr war gar nicht klar, ob sie mehr um ihn trauerte, dessen Leben auf so tragische Weise ein Ende nahm. Oder ob es die junge Frau war, deren Leben in akuter Gefahr war, sofern sie überhaupt noch am Leben war.

Wahrscheinlich war es das Gesamtpaket, verbunden mit dem Frust, dass sie nun keine Chance mehr sah, etwas über den Truck und seinen Fahrer zu erfahren. Sie wischte sich die Tränen mit beiden Ärmeln ihrer Bluse aus dem Gesicht und unternahm noch einen letzten Versuch.

»Sieh mal, Uwe, da ist eine junge Frau in Gefahr und nur du kannst uns helfen. Der Typ in dem Truck, den ihr gerammt habt, hat sie in seiner Gewalt und wird sie wahrscheinlich vergewaltigen oder gar töten.

Du kannst jetzt nicht einfach sterben. Verstehst du mich?«

Es war, als hätte sie gegen die Wand gesprochen. Hätte sie nur einen Funken Glauben in sich gehabt, wäre sie jetzt auf die Knie gegangen und hätte angefangen zu beten. Aber den Glauben hatten ihr ihre Eltern schon als Kind ausgetrieben. Sie war ihnen bis heute dankbar dafür, wie gesagt – bis heute.

Die Kommissarin stand langsam auf, legte ihren Blumenstrauß auf den Nachttisch und ging zur Tür. Dort drehte sie sich noch ein letztes Mal zu ihm um und verabschiedete sich. Dann verließ sie den Raum. Mit dem Schließen der Tür meinte sie im Augenwinkel noch eine Regung seiner Hand wahrgenommen zu haben.

Kapitel 11

Ich hatte alle meine Willenskraft zusammengenommen und versucht, wenigstens den Zeigefinger meiner rechten Hand zu bewegen. Aber wahrscheinlich hatte es nicht geklappt.

Wie gern hätte ich Beate, meiner ersten großen Liebe, geholfen. Als sie meine Hand berührte, sah ich sofort ihr wunderschönes Gesicht und ihre langen blonden Haare vor meinen Augen. Alles, was ich damals mit ihr erlebt hatte, war sofort wieder da. Aber nun war sie gegangen. Ich hörte, wie sich die Tür schloss.

»Uwe?«

Mein Gott, sie war doch nicht gegangen? Ich hätte am liebsten vor Freude aufgeschrien und war mir doch sicher, dass sich in meinem Gesicht nicht ein einziger Muskel bewegte. Aber offensichtlich hatte sie die kleine Bewegung meiner Hand registriert.

»Kannst du mich verstehen, Uwe?«

Ich nahm noch einmal all meine Willenskraft zusammen, um einen Finger der rechten Hand zu bewegen.

»Ja, ja, ja«, hörte ich sie leise rufen.

Ich fühlte es förmlich, wie sie vor meinem Bett einen Veitstanz aufführte, und hätte am liebsten mitgetanzt.

»Mein Gott, du hörst mich.«

Ich hörte, wie sie sich wieder setzte und merkte, wie sie meine Hand nahm und sie streichelte. Ich versuchte mit aller Willenskraft ihre Hand wenigstens etwas zu drücken. Aber wie heißt es so schön: Der Geist war willig, aber das Fleisch war schwach.

»Wie machen wir das jetzt?«

Sie klang total aufgeregt, während ich das Gefühl hatte, die Ruhe selbst zu sein.

»Uwe, ich bin hier, weil du unsere einzige Hoffnung bist. Das Leben einer jungen Frau hängt wahrscheinlich davon ab, ob du uns helfen kannst.«

‚Du musst erst noch die junge Frau retten‘, hatte Svenja gesagt. ‚Erst dann kannst du zu mir kommen‘. Meinte Svenja diese Frau?

»Kannst du mir irgendetwas über den schwarzen Truck erzählen, auf den ihr nach dem Jazzkonzert aufgefahren seid, Uwe?«

Dass das eine alberne Fragestellung war, merkte sie selber ganz schnell.

»Nee, quatsch, so geht das natürlich nicht. Wie machen wir das nur?«

Ich hätte ihr einen Tipp geben können, wusste aber nicht, wie. Ich konnte nur hoffen, dass sie von alleine darauf kommt. Nach einer Weile hörte ich sie sagen:

»Pass auf. Wir verabreden jetzt ein Zeichen. Wenn du den Daumen bewegst, heißt das ‚ja‘, wenn du mit dem Zeigefinger wackelst, heißt das ‚*nein*'. Hast du das verstanden?«

Ich nahm all meine Kraft zusammen, um mit dem Daumen zu wackeln.

»Ja, ja, es klappt. Super! Ich liebe dich! Jetzt eine Kontrollfrage. Bin ich der Nikolaus?«

‚*Was soll jetzt der Quatsch?*', dachte ich. Aber dann begriff ich, dass sie sich irgendeine Frage ausdenken musste, die ich mit Sicherheit verneinen konnte. Ich versuchte also mit aller Gedankenkraft, meinen Zeigefinger zu bewegen.

»Super, super! Er hat's verstanden.«

Dann blieb es eine Weile ruhig.

»Ich bin noch da, Uwe. Ich muss nur einen Moment überlegen, wie ich am besten vorgehe.«

Es blieb wieder eine ganze Weile still. Sie streichelte zärtlich meine Hand und schien dabei zu überlegen. Dann sagte sie:

»Wir wissen, dass ihr auf einen schwarzen Truck aufgefahren seid. Kannst du mir sagen, was das für ein Fabrikat war?«

Ich wusste alles über diesen Wagen. Hätte ihr sogar die Autonummer sagen können und wie der Fahrer hieß. Auch was nach dem Unfall geschah, wusste ich. Nur, wie ich es ihr erzählen sollte, das wusste ich nicht.

Aber wenn ich ihre Frage jetzt verneint hätte, hätte sie womöglich resigniert aufgegeben. Also versuchte ich, den Daumen ein wenig zu bewegen.

»Meine Güte, ich kann doch jetzt nicht alle Automarken durchfragen, aber vielleicht wenigstens die bekanntesten. War es ein Mercedes?«

»Ein BMW?«

»... AUDI?«

»... Toyota?«

»... VW?«

Sie ging alle Automarken der Reihe nach durch, die ihr einfielen. Ich verneinte alle Fragen, weil es keine dieser Marken war.

»Mein Gott, was gibt es denn noch für Marken?«

»War es ein Landrover?«

»Ein Jeep?«

»Ein Smart? Quatsch, vergiss das!«

Ich spürte ihre Verzweiflung und war selbst kurz davor, zu verzweifeln. Ich musste einen Weg finden, ihr das Emblem des Fabrikats zu vermitteln. Ich versuchte, Daumen und Zeigefinger gleichzeitig zu bewegen, in der Hoffnung, dass sie verstand, was ich will.

»Was soll das jetzt heißen? Ja oder nein?«

Ich versuchte krampfhaft, die Kuppen von Daumen und Zeigefinger zusammenzuführen, hatte aber kein Gefühl, ob mir das gelang.

»Mein Gott, ich glaube, er will etwas aufschreiben.«

Ich hörte, wie sie in ihrer Handtasche kramte und spürte, wie sie mir schließlich ihren Kajalstift in die Hand drückte.

»Papier, Papier, wo gibt es hier Papier?«

Sie war aufgestanden und lief ziellos und hektisch durch das Zimmer, auf der Suche, nach irgendeiner Schreibunterlage wahrscheinlich. Schließlich öffnete sie das Schubfach des Nachttisches. Ich hörte, wie sie die Utensilien, die darin lagen hastig so lange hin und her schob, bis sie etwas Geeignetes gefunden zu haben schien.

»Ein alter Essensplan, das muss reichen«, hörte ich sie flüstern.

Sie nahm den Zettel und legte ihn unter meine Hand. Ich versuchte, so gut es ging, ihren Stift zu greifen. Doch es gelang mir nur mit großer Mühe, ihn zu halten. Ich versuchte, das Emblem, das ich auf der Heckklappe des Trucks gesehen hatte zu skizzieren. Das schien mir am einfachsten zu sein. Hatte aber keine Kontrolle über das Resultat meiner künstlerischen Bemühungen. Als ich fertig war, ließ ich den Stift los. Er rollte über das Papier und fiel zu Boden.

Beate nahm den Zettel an sich, drehte ihn ein paar Mal hin und her und steckte ihn schließlich in die Handtasche. Sie wollte gerade etwas sagen, da öffnete sich die Tür und Dr. Jankowski steckte seinen Kopf durch den Rahmen.

»Sie sind ja immer noch hier. Ich denke, das genügt jetzt. Der Patient ist zwar so gut wie tot, aber solange sein Herz noch schlägt, sind wir um sein Wohlergehen bedacht.«

Die Kommissarin erhob sich und bedankte sich bei Dr. Jankowski.

»Ich darf Sie beim Wort nehmen, Herr Doktor. Das Gespräch mit Herrn Wertheimer war sehr aufschlussreich. Ich würde es gern in den nächsten Tagen fortsetzen. Also geben Sie bitte schön auf ihn acht.«

Sie kam noch einmal zu mir an das Krankenbett und flüsterte mir ins Ohr:

»Ich komme wieder, Uwe. Nicht sterben, hörst du! NICHT STERBEN!«

Damit verließ sie das Zimmer.

Kapitel 12

Sie war nicht wirklich weiter gekommen aber dennoch stolz und froh, einen Weg gefunden zu haben, mit Uwe zu kommunizieren.

Den Rest des Tages hatte sie mit ihrer Schwester verbracht. Sie hatte sich nicht angemeldet, war sich aber sicher, dass sie sich freuen würde. Sogar die Blumen, die sie noch besorgen konnte, sahen ganz passabel aus.

Am nächsten Tag war sie diejenige, die zu spät ins Büro kam. Es war zwar Samstag, aber an ein geruhsames Wochenende war beim gegenwärtigen Ermittlungsstand auch diesmal nicht zu denken. Ihre Schwester hatte am Abend zuvor noch eine Party organisiert, die erst gegen zwei Uhr ein feuchtfröhliches Ende fand.

Es wurde endlich wieder einmal nach Herzenslust gelacht und getanzt und Beate Neubert war froh über die Ablenkung und sah keine Veranlassung früher zu gehen als die anderen Gäste. Zumal da noch dieser nette Innenarchitekt war, der sie fast dazu gebracht hätte, auch den Rest der Nacht in Berlin zu verbringen, natürlich mit ihm.

Dass sie dann doch im angetrunkenen Zustand nach Hause fuhr, war sicherlich nicht in Ordnung, aber die weniger gefährliche Entscheidung, fand sie. Es ging ja fast nur geradeaus. Wobei das Nachtprogramm von ‚80s80s‘ erfolgreich verhinderte, dass sie am Steuer einnickte.

Als sie das Büro betrat, war Brandauer gerade dabei, sich einen Kaffee einzugießen. Da er seinen Mantel noch anhatte, war er wahrscheinlich auch gerade erst gekommen, vermutete die Kommissarin.

»'schuldigung, Chef, mein Wecker hat nicht geklingelt.«

‚Was für eine peinliche Ausrede‘, dachte sie. Aber etwas anderes fiel ihr auf die Schnelle nicht ein. Immerhin kam keine Nachfrage. Auch sie steuerte direkt auf die Küchenzeile zu, um als Erstes den Wasserkocher für einen Tee einzuschalten und noch einmal einen flüchtigen Blick in den Spiegel zu werfen. Das, was ihr da entgegenblickte, veranlasste sie dazu, sich sofort mit vorgehaltener Hand möglichst unauffällig hinter ihrem Monitor zu verstecken.

Brandauer jedoch nahm ihr Zuspätkommen und ihren desolaten Zustand überhaupt nicht zur Kenntnis und ging direkt zur Tagesordnung über.

»Wie war's in Berlin?«

»Speziell.«

»Inwiefern?«

»Na ja, ich hatte ein interessantes Gespräch mit einem Scheintoten.«

»Erzähl!«

Die Neubert erhob sich noch einmal, um das Teewasser aufzugießen, ging mit ihrer Tasse zurück an ihren Schreibtisch und berichtete dann ausführlich, was sie in der Klinik erlebt hatte.

»Alle Achtung, Kollegin! Jetzt wissen wir wenigstens, dass es kein Smart war.«

»Sehr komisch.«

Brandauer entledigte sich seines Mantels und hängte ihn an den Garderobenständer. Dann nahm er sich seinen Kaffe und setzte sich.

»Nee, aber jetzt mal im Ernst. Das war in der Tat eine bemerkenswerte Leistung. Hätte ja auch durchaus klappen können.«

»Noch möchte ich nicht aufgeben, Chef«, erwiderte sie.

Sie griff in ihre Handtasche, die sie über der Stuhllehne zu hängen hatte, holte den Zettel mit der Skizze vor und reichte ihn wortlos ihrem Chef.

Brandauer nahm ihn an sich und las:

»Dienstag – Königsberger Klopse?«

»Die Rückseite, Chef! Die Rückseite!«

»Da hat nur jemand was draufgekritzelt.«

»Das hat Uwe zum Schluss aufgezeichnet.«

»Ich hab als Kind so fliegende Vögel gemalt und war ganz stolz darauf. Und was soll das?« Brandauer hielt das Blatt hoch und sah sie entgeistert an: »Muss ich das deshalb auch toll finden?«

»Mit welcher Automarke würdest du das verbinden, Franz?«

Brandauer drehte den Zettel mehrfach in seinen Händen.

»Ja was denn nun? Soll es nun ein Vogel oder ein Auto sein?«

»Erinnert es dich nicht an das Firmenlogo eines Autoherstellers?«

Der Kommissar drehte den Essensplan erneut mehrmals hin und her und zuckte schließlich mit den Schultern.

»Wenn überhaupt, dann vielleicht mit Mazda.«

»Wusst ich's doch!«

Sie schlug mit der flachen Hand auf die Tischplatte.

»Den ganzen Rückweg lang habe ich rumgegrübelt und bin einfach nicht drauf gekommen. Aber jetzt, wo du's sagst, ...«

»Und du glaubst im Ernst, dass Wertheimer vorhatte, uns ein Mazda-Logo zu skizzieren, Beate?«

»Ich bin mir totsicher!«

»Na dann guck mal im Internet, welche Modelle von Mazda da infrage kommen.«

Den Rest des Tages beschäftigten sich beide nur mit diesem Thema: suchten die relevanten Modelle raus, holten Erkundigungen ein, wer in der Gegend alles einen Mazda-Truck fuhr, und statteten deren Haltern einen Besuch ab. Man beschränkte sich dabei auf einen Umkreis von 50 Kilometer.

Es war einer dieser Tage, an denen man rund um die Uhr zu tun hatte, um am Ende ergebnislos und völlig gefrustet ins Bett zu fallen.

Keines, der infrage kommenden Fahrzeuge war beschädigt oder in den letzten Tagen repariert worden. Auch ihre Besitzer passten nicht recht ins Profil.

Am Tag darauf saßen beide ratlos hinter ihren Schreibtischen und fragten sich, wie sie weitermachen sollten, als plötzlich die Tür aufgerissen wurde und Brömel in ganzer Breite im Rahmen stand.

»Man hat ihre Leiche gefunden!«

Beide Kommissare schreckten wie von der Tarantel gestochen hoch.

»Ach du Schande! ... wo?«

»In einem Waldstück in der Schorfheide.«

»Ist es sicher, dass es die Schirrmacher ist?«

»Sie haben ein Foto geschickt, auf der deutlich das Kleid zu erkennen ist. Es hat das gleiche Muster.«

Brömel zückte sein Handy und reichte es Brandauer. In der Tat war es das gleiche Muster. Zudem war die Frau barfuß.

»Hat man sie so gefunden?«

»Sie steckte wohl in einem Müllsack, besser gesagt in zweien.«

»Wer hat sie gefunden?«

»Ein älteres Ehepaar, beziehungsweise deren Hund.«

»Weiß man schon, wie sie ums Leben gekommen ist?«

»Genickbruch durch einen Schlag mit einem stumpfen Gegenstand seitlich gegen den Kopf! Außerdem hatte sie leichte Würgemale am Hals, eine stark blutende Wunde am rechten Knie und Hautabschürfungen an der gesamten rechten Körperhälfte.«

Es gab keine Zweifel. Alles passte zusammen und bestätigte letztendlich auch, was man an der Unfallstelle ermittelt hatte. Das war Wiebke Schirrmacher. Die Kommissare sahen sich fassungslos an. Die Neubert ließ sich kraftlos in ihren Bürostuhl fallen und versteckte ihr Gesicht hinter ihren Händen, um die Tränen, die automatisch kamen, zu verbergen.

»Wir müssen dieses Schwein finden, Franz. Versprich mir bitte, dass wir dieses Schwein finden.«

»Klar finden wir den. Wo ist die Leiche jetzt, Brömel?«

»Sie wird gerade in die Gerichtsmedizin nach Eberswalde gebracht.«

»Hätten die nicht warten können, bis wir kommen?«, schimpfte Brandauer verärgert.

»Das ist jetzt nicht mehr unsere Zuständigkeit, Franz. Die Kollegen in Eberswalde haben den Fall übernommen.«

»Nicht mehr unsere Zuständigkeit? Haben die sie noch alle? Ich glaub, ich spinne!«

Brandauer wäre Brömel am liebsten mitten ins Gesicht gesprungen. Der nahm die Hände schützend hoch, wich ein Stück zurück und sagte nur ganz ruhig:

»Ich hab dir nur weitergegeben, was sie mir am Telefon gesagt haben. Und sie haben recht, Franz. Es ist jetzt ihr Fall.«

»Ja, ja, hast ja recht. Wer übernimmt den Fall?«

Brömel machte ein Gesicht, als hätte er auf eine Zitrone gebissen und antwortete kleinlaut: »Geiger.«

»Natürlich, *die* Arschgeige, auch das noch.«

Brandauer war mit dem Kollegen wegen seines arroganten Gehabes vor etwa drei Monaten bei einem Fall fürchterlich aneinandergeraten. Er tastete seine Manteltasche nervös nach seinen Zigaretten ab, stupste eine aus der Schachtel und steckte sie sich in den Mundwinkel. Kaum war er damit fertig, traf ihn der strenge Blick seiner Kollegin. Er brauchte erst gar nicht nach dem Feuerzeug zu suchen.

Verärgert warf er die Kippe auf den Schreibtisch und verschränkte die Arme.

»Du sollst ihm einen ausführlichen Bericht zukommen lassen, mit euren bisherigen Ermittlungsergebnissen.«

Wieder machte Brömel dieses Gesicht.

Brandauer stand kurz vor einer Explosion.

»Na klar doch! Dann notiere doch schon mal, Jochen: ,*Werter Kollege Geiger, wir sind wie immer völlig ahnungslos und freuen uns, dass der Fall nun endlich in kompetente Hände kommt. Hochachtungsvoll, Ihr stets unterlegener Kollege Brandauer*'.«

Jetzt sah sich die Neubert genötigt, dazwischenzugehen.

»Lass deine Wut nicht an Jochen aus, Franz, der kann nichts für euren Zwist!«

Brandauer hob vorsichtshalber gleich beide Arme, weil er wusste, dass er wieder einmal über die Stränge geschlagen hatte.

»Ja, ja, 'schuldige, Jochen!«

»Alles gut, Franz«, winkte Brömel ab. »Ich geh dann mal wieder.«

Brömel wollte schon die Tür hinter sich schließen, da rief Brandauer ihm noch nach:

»Kannst du den Geiger bitte mal anrufen, Jochen, und ihn darum bitten, dass sie die Presse noch an der kurzen Leine halten sollen. Ich will den Täter nicht frühzeitig aufschrecken.«

Brömel drehte sich um und steckte seinen Kopf noch einmal durch die Tür:

»Sei mir nicht böse, Franz, aber das mach mal lieber selbst. Und noch mal, Franz, es ist nicht mehr unser Fall!«

Brömel zog die Stirn hoch, legte den Kopf etwas auf die Seite und schloss langsam und geräuschlos die Tür.

Er hatte recht. Brandauer wusste es selbst nur zu gut, hatte aber überhaupt keine Lust, mit dem Mann auch nur ein Wort zu wechseln.

Die Neubert hatte immer noch ihr Gesicht hinter ihren Händen verborgen. Dann ließ sie sie langsam runtergleiten und sagte:

»Ich mach das für dich, Franz. Aber ich werde es nur als Empfehlung formulieren.«

»Ja, ja. Danke!«

Brandauer sah angespannt aus dem Fenster.

»Tja, dann war's das wohl.«

Längeres Schweigen.

Dann stand die Neubert auf, stellte sich neben ihn und sagte:

»Geh erst mal eine rauchen Franz. Ich rufe den Geiger an und komme dann nach.«

Der Kommissar sah sie irritiert an.

»Seit wann rauchst du?«

»Ich habe nicht gesagt, dass ich rauchen will, sondern dass ich nachkomme.«

Fünf Minuten später sah man, wie sie sich beide gegen die sonnengewärmte Wand des Hauses lehnten.

Die Kommissarin atmete tief durch:

»Am liebsten würde ich jetzt einen fetten Eisbecher essen gehen ... mit Früchten ... und Sahne!«

»Mach doch«, war die lakonische Antwort ihres Chefs.

Man stand eine Zeit lang schweigend nebeneinander. Brandauer zog schicksalsergeben an seiner Zigarette und die Neubert versuchte, den Sonnenstrahlen, mit hochgerecktem Hals, vergebens etwas Entspannendes abzugewinnen.

Dann löste sie sich plötzlich von der Wand und sah ihrem Chef in die Augen.

»Lass uns zum Italiener gehen, Franz, ich lad dich ein. Wir müssen mal zehn Minuten abschalten.«

Wenig später saßen sie auf der Terrasse des ‚La Famiglia‘ bei Gelatti und Espresso.

Die Neubert stocherte schon eine ganze Weile lustlos in ihrem Eisbecher herum und sagte plötzlich:

»Nein Franz, das war's noch nicht. Du hast mir vorhin versprochen, dass wir das Schwein finden.«

Brandauer verrührte einen kleinen Löffel Zucker in seinem Espresso und lächelte:

»Sagtest du nicht eben was von abschalten?« Und nach einer kurzen Pause: »Und was willst du machen?«

»Ich fahre noch mal nach Berlin.«

»Es ist nicht mehr unser Fall, Beate!«

»Ist mir egal.«

»Es ist mir nicht offiziell möglich, dich zu beauftragen.«

»Dann nehme ich einen Tag Urlaub, verdammt. Ich hab noch Resturlaub vom letzten Jahr.«

Brandauer stierte durch sie hindurch und überlegte. Dann sagte er plötzlich:

»Ich komme mit!«

Ihr todtrauriger Gesichtsausdruck ließ für den Bruchteil einer Sekunde ein Lächeln zu.

»Wann fahren wir?«

»Jetzt!«

Brandauer stürzte seinen Espresso runter, legte einen 20-Euroschein auf den Tisch und stellte die Tasse darauf.

»Ich hatte gesagt, ich lade dich ein«, versuchte die Neubert zu intervenieren, aber der Kommissar winkte ab:

»Lass gut sein. Kannst mich einladen, wenn wir den Kerl haben.«

»Ich nehme dich beim Wort, Franz. Aber dann gehen wir richtig essen. Mit allem drum und dran!«

Kapitel 13

Auf der Station angekommen, warteten sie gar nicht erst auf Dr. Jankowski, sondern steuerten direkt auf das Zimmer des Schwerverletzten zu. Bevor sie eintraten, blickten sie sich noch einmal nach allen Seiten um, ob sie beobachtet wurden.

Dann zogen sie sich die beiden Stühle, die in der Ecke standen, heran und setzten sich an die Seite des Bettes. Die Kommissarin griff nach der Hand des Todgeweihten und flüsterte:

»Uwe, ich bin's, Beate. Kannst du mich hören?«

Sie ließ seine Hand wieder los und beide beobachteten, ob sich irgendetwas bewegte. Nichts tat sich. Beide sahen sich ratlos an, dann wiederholte die Kommissarin noch einmal, was sie sagte:

»Uwe, ich bin's, Beate. Kannst du mich hören?«

Noch immer tat sich nichts. Nach einer Weile jedoch zuckte der Daumen kurz.

»Super, Uwe. Ich habe meinen Kollegen mitgebracht. Er heißt Franz. Wir brauchen noch einmal deine Hilfe. Ohne dich kommen wir nicht weiter. Wir suchen immer noch das Fabrikat des Wagens, auf den ihr aufgefahren seid.«

Sie stoppte und beobachtete seine Hand. Wieder tat sich nichts. Dann sah sie ihren Chef an und zog fragend die Schultern hoch.

Brandauer raunte ihr zu:

»Du musst ihn was fragen, du hast ihn nichts gefragt.«

»War es ein Mazda?«

Beide sahen wie gebannt auf seinen Daumen. Nach einer Weile zuckte der Zeigefinger ein Mal.

»Nicht?«

Sie sahen sich beide ungläubig an. Dann wiederholte sie ihre Frage noch einmal. Wieder zuckte der Zeigefinger.

Wieder sahen sich beide an. Dann bemerkte der Kommissar, dass sich Daumen und Zeigefinger bei Wertheimer bewegten, und machte seine Kollegin darauf aufmerksam.

»Er will wieder was zeichnen«, meinte sie zu erkennen und suchte sofort nach ihrem Kajalstift. Diesmal war die Neubert besser vorbereitet und zog noch ein kleines Stück Pappe aus der Handtasche als Zeichenunterlage.

Sie drapierte die Pappe so, dass er darauf zeichnen konnte, und drückte ihm den Stift in die Hand.

Daumen und Zeigefinger begannen sich zu bewegen und der Stift hinterließ seine Spuren auf der Pappe. Irgendwann öffneten sich die Finger und der Stift fiel zu Boden.

Das Ergebnis war ernüchternd. Es war ein einziges Gekrakel.

»Das hat keinen Sinn, Beate. Das sieht doch aus wie Fliegenscheiße, da kann ich ja gleich bei Mario aus dem Kaffeesatz lesen. Komm, lass uns gehen.«

Brandauer zog die Neubert hinter sich her und beide verließen die Klinik. Sie setzten sich noch einen Moment auf eine der Banken, die im Park der Krankenhausanlage standen und sinnierten, was sie jetzt machen sollten.

»Hast du irgendeine Idee, wie es jetzt weitergehen soll, Franz?«

Brandauer steckte sich eine Zigarette an und inhalierte kräftig ihren Rauch.

»Nicht wirklich. Vielleicht sollten wir wirklich der Arschgeige den Fall überlassen. Dann begegnen wir ihm zwar wahrscheinlich erst wieder bei ‚XY-Ungelöst‘, aber ich kann's nicht ändern.«

»Zeig doch noch mal die Pappe her.«

Brandauer tat einen weiteren Zug, griff in die Manteltasche und gab ihr Wertheimers Gekritzel. Die Kommissarin drehte die Pappe hin und her und sagte nach einer Weile:

»Mit etwas Fantasie könnten das drei Buchstaben sein.«

»So viel Fantasie habe ich nicht. Außerdem, wie sollte uns das weiterhelfen?«

»Könnte doch ein Hinweis auf die Automarke sein.«

»Welche Autohersteller mit drei Buchstaben kennst du denn außer BMW?«

»Eigentlich keine«, musste sie gestehen.

»Außerdem hatten wir das ja schon ausgeschlossen, wenn ich mich recht erinnere. ... DAF würde mir noch einfallen.«

»DAF könnte es mit etwas Fantasie sogar heißen«, stelle die Kommissarin fest, nachdem sie das Stück Pappe erneut mehrfach gedreht und gewendet hatte.

»Wenn man es so rum hält, erinnert das in der Mitte immerhin an ein ‚A‘.«

»Nur hat DAF seine Pkw-Produktion schon in den 60er-Jahren eingestellt und baut heute nur noch große Lkws, ... ich meine, richtig große, so wie MAN.«, gab Brandauer zu bedenken.

Die Neubert schnappte sich noch einmal das Stück Pappe mit den ‚*Buchstaben*‘, so es denn welche sein sollten. Und drehte es mehrfach.

»Also, das in der Mitte könnte wirklich ein ‚A‘ sein, aber MAN heißt das auf keinen Fall.«

Sie saßen noch eine ganze Weile schweigend da, bis er aufgeraucht hatte, dann sagte Brandauer:

»Komm, lass uns fahren, Beate. Wir können unsere Zeit auch woanders vergeuden.«

»Warte eine Sekunde auf mich, ich will nur noch mal schnell hochgehen und mich von ihm verabschieden. Wir sind vorhin einfach nur rausgerannt.«

Beate Neubert nahm den Fahrstuhl in die zweite Etage, ging am Schwesternzimmer vorbei bis zu Wertheimers Zimmer und sah sich wieder nach allen Seiten um, bevor sie eintrat. Sie wollte nicht Gefahr laufen, von einer Schwester abgewiesen zu werden.

Die Stühle standen noch so, wie sie sie vor dem Gehen im Raum hatten stehen lassen. Die Kommissarin setzte sich noch einmal und nahm Uwe Wertheimers Hand.

»Ich bin's noch einmal, Uwe. Geh noch nicht, hörst, du? Wir brauchen dich noch. Ich komme noch mal wieder.«

Dann stellte sie beide Stühle zurück an die Wand und verließ den Raum.

Sie hatten die Stadt über die B1 verlassen und kamen zügig voran, bis sie kurz vor Seelow in einen Stau gerieten. Die Ampel am Abzweig zur B167, wo sie links abbiegen mussten, war wieder einmal ausgefallen. Brandauer kannte das Spielchen schon. Er ließ das Seitenfenster runter und wollte sich eine Zigarette anstecken.

»Muss das sein?«

Er sah seine Kollegin schräg an und sagte:

»Ist ja gut.«

Dann steckte er sein Feuerzeug wieder in die Manteltasche, behielt die Kippe aber im Mundwinkel. Brandauer reckte seinen Hals aus dem Fenster und versuchte, an den Fahrzeugen, die vor ihnen standen, vorbeizusehen. Sie befanden sich zwar auf der Vorfahrtsstraße, aber der Gegenverkehr war so stark, dass nur selten die Gelegenheit bestand, nach links abzubiegen, sodass auch die, die geradeaus wollten, gezwungen waren, zu warten.

»Und wenn wir unser Blaulicht einsetzen?«, schlug die Neubert vor.

»Und was soll das bringen? Ich habe ja nicht mal Platz, um irgendwohin auszuweichen. Entspann dich einfach.«

Sie entspannten. Alle dreißig Sekunden bewegte sich der Truck vor ihnen ein Stück vorwärts, dann schlossen sie auf, um wieder eine gefühlte Ewigkeit zu warten.

Brandauer griff nach seinem Smartphone und wählte Brömels Nummer. Nach dem vierten Klingeln nahm er ab.

»Hallo Jochen, sei doch mal so gut und schick mir das Foto von der Leiche. Danke, bis später!«

Der Kommissar wartete, bis das Foto ankam, klickte es an und versuchte, mit Daumen und Zeigefinger der rechten Hand einen bestimmten Ausschnitt zu vergrößern. Hinter ihnen hupte es.

»Es geht weiter, Franz. Hat das nicht Zeit bis nachher?«

»Wenn mich was beschäftigt, duldet es keinen Aufschub«, antwortete Brandauer. Er reichte seiner Kollegin das Handy und schloss wieder auf.

»Guck dir mal die Haltung an und sage mir, was du siehst.«

»Was soll ich sehen? Da liegt eine Tote.«

»Und? Fällt dir nichts auf?«

Die Neubert vergrößerte das Bild noch etwas und schob es hin und her.

»Die Hände! Guck dir mal die Hände an!«, sagte ihr Chef.

»Die sind gefaltet, fast wie zum Gebet, wenn du das meinst.«

»Genau das meine ich, Beate. Die Leiche wurde nicht einfach nur abgelegt, sondern bestattet.«

»Und was schließt du daraus?«

»Ich bin mir nicht mehr sicher, ob wir es hier mit einem skrupellosen Mörder zu tun haben, der das von langer Hand geplant hat, mit dem Ziel, die Frau umzubringen. Vielleicht ist hier etwas fürchterlich aus dem Ruder gelaufen und tragisch geendet, was ganz harmlos begonnen hatte. Es würde mich nicht wundern, wenn er sich gar nicht an ihr vergangen hat.«

»Wir müssen Geiger fragen, Franz, ob die irgendwelche Spuren gefunden haben, die auf ein Sexualdelikt schließen lassen.«

»Mach doch mal eben!«

»Da musst du dich leider gedulden, bis wir im Büro sind. Hab seine Nummer nicht abgespeichert.«

Man schleppte sich mühsam weiter vorwärts. Nach einer Weile machte die Kommissarin einen langen Hals und sagte:

»Ich sehe was, was du nicht siehst, ... und das ist rot.«

»Die Ampel, vor uns, die nicht funktioniert?«

»Falsch!«

»Ach was! ... Na, dann eben die Bremslichter von dem Truck vor uns.«

Brandauer zeigte eher beiläufig mit dem Zeigefinger seiner Rechten nach vorn durch die Windschutzscheibe.

»Heiß! Ganz heiß!«

»Dann eben die Schrift auf der Heckklappe.«

»Richtig!«

Verdammt! Jetzt sah er es auch. Auf der Heckklappe der Trucks stand in riesigen roten Buchstaben R A M und darunter war der stilisierte Kopf eines Widders zu sehen.

Die Neubert kramte hektisch den Zettel hervor, auf dem Wertheimer gestern die fliegende Möwe gezeichnet hatte, und hielt ihn vor sich.

»Das sollen keine Flügel sein, sondern die Hörner eines Widders!«

Und dann holte sie hastig das Stück Pappe raus und las:

»RAM, das heißt tatsächlich RAM. Wenn man es weiß, ist es ganz einfach. Ich hatte es nur nicht erkannt, weil es für mich keinen Sinn ergab. Was ist das für eine komische Automarke, Franz?«

»Ein Dodge. Und ‚RAM‘ ist der Modellname. Ram heißt auf Deutsch tatsächlich Widder.«

»Los, Franz, hol das Blaulicht raus. Jetzt ist Schluss mit Entspannen.«

Brandauer stellte das Blaulicht aufs Dach, schloss das Seitenfenster wieder, und schaltete das Signalhorn an. Dann verschafften sie sich irgendwie Platz. Sie zwangen die entgegenkommenden Fahrzeuge, in den Straßengraben auszuweichen, kämpften sich bis zur Ampel vor und bogen nach links in die B167 ein.

»Was machen wir jetzt eigentlich mit der Erkenntnis, Franz. Geben wir die an den Geiger weiter?«

»Was willst du dem denn erzählen? Dass dir das ein Scheintoter souffliert hat? Auslachen kann ich mich auch selber, dazu brauche ich die Arschgeige nicht.«

Die Kommissarin wusste nicht, was sie darauf erwidern sollte, also sagte sie lieber nichts.

»Überhaupt, hast du dir mal Gedanken darüber gemacht, woher der Wertheimer eigentlich weiß, dass er da einen RAM in den Straßengraben geschoben hat? Ich meine, er will das Fabrikat genau erkannt haben und hat keine Reaktion gezeigt auszuweichen? Ist doch schräg, oder?«

»Klar, habe ich mir darüber Gedanken gemacht.«

»Und?«

»Du weißt schon, dass er tot war und erst wiederbelebt werden musste?«

»Ja und? Willst du damit sagen, dass er sein Wissen aus dem Jenseits mitgebracht hat?«

»Kann doch sein?!«

»Ist jetzt nicht dein Ernst, oder?«

Brandauer sah seine Kollegin an, als wollte er überprüfen, ob sie noch alle Tassen im Schrank hatte.

»Ich weiß, dass du für solche Gedanken nicht zu haben bist, Franz, deshalb habe ich auch gar nichts gesagt. Aber ließ mal die Bücher von Raymond Moody, da erfährst du, wie Menschen mit Nahtoderfahrungen ihren Körper verlassen und sich frei im Raum bewegen. Es gibt eine Phase, da sind sie sozusagen allwissend. Es hätte mich nicht erstaunt, wenn er uns den Namen des Truckfahrers verraten hätte.«

Brandauer sah erneut zu ihr rüber. Es waren nicht mehr alle Tassen im Schrank. Dessen war er sich jetzt sicher.

»Sollte ich vielleicht noch mal umdrehen und dann spielen wir heiteres Namenraten?«

»Sei nicht albern, Franz.«

Sie ließen es dabei bewenden, weil die Gefahr zu groß war, dass man sich ernsthaft streiten könnte, und setzten ihre Fahrt wortlos fort.

Nach wenigen Minuten hatten sie die Unfallstelle erreicht. Inzwischen deutete nichts mehr darauf hin, dass sich hier vor nicht einmal einer Woche ein Drama abgespielt hatte.

Die Neubert hatte über ihr Handy bereits eine Liste angefordert, mit allen Fahrzeughaltern im Umkreis von 50 Kilometern, die einen Dodge RAM in schwarz fuhren.

Das Fax mit der Antwort lag bereits im Fach, als sie auf dem Revier ankamen. Es gab nur zwei Halter im Umkreis. Einer war ein ehemaliger Dachdecker, 63, jetzt im Ruhestand, der andere war 47 und Jäger.

»Wir nehmen uns zuerst den Jäger vor. Der wohnt zwar weiter weg, passt aber besser ins Profil«, entschied Brandauer. »Wir nehmen meinen Landrover.«

Sie fuhren noch bei ihm zu Hause vorbei und luden Rolex ein und dann ging es nach Criewen in der Nähe von Schwedt.

»Warum hast du jetzt Rolex mitgenommen?«, wollte die Neubert wissen.

Brandauer zuckte mit den Schultern: »Ich dachte, wenn wir zu einem Jäger fahren, würde das passen. Außerdem war der heute noch nicht draußen.«

Sie hatten sich nicht angemeldet, weil Brandauer das Überraschungsmoment wichtig war. Die erste Reaktion sagt oft viel aus und entscheidet zuweilen im Bruchteil einer Sekunde darüber, ob jemand als verdächtig eingestuft werden muss oder nicht.

Hier jedoch wäre selbst der erste Eindruck unwichtig gewesen. Vor ihnen stand ein untersetzter, bärtiger Mann, der der Zwilling von Brömel hätte sein können. Schuhgröße 42, geschätzte 120 kg, 174 cm groß. Der hätte bei dem Versuch, die flüchtige Schirrmacher auf dem Lehmacker wieder einfangen zu wollen, keine Chance gehabt, selbst, wenn sie sich beide Knie aufgeschlagen hätte. Hinzu kam, dass sein Wagen seit über einer Woche mit Getriebeschaden in der Werkstatt stand und auf Ersatzteile wartete, die aus den USA eingeflogen werden mussten. Beides wurde ihnen von dem Automechaniker telefonisch bestätigt.

»Dann lass uns jetzt zu dem Dachdecker fahren, dann haben wir das auch hinter uns«, schlug die Neubert vor.

Der wohnte natürlich genau am anderen Ende in Frankenfelde südlich von Rädekow. Sie brauchten für die gut 60 Kilometer eine geschlagene Stunde. Nur um festzustellen, dass der gute Mann seit zehn Jahren querschnittsgelähmt ist, nachdem er von einem Dach gestürzt war.

Der Truck war sein Ein und Alles. Er wollte sich nicht von ihm trennen und hatte ihn für viel Geld so umbauen lassen, dass er ihn selbst mit seinem Handicap fahren konnte. Allerdings kam er mit dem Handicap schwerlich als Mörder infrage.

Es war wieder einer dieser Tage, wo am Ende allem Einsatz zum Trotz der Ertrag gleich null war. Auf dem Rückweg zum Revier war die Stimmung entsprechend schlecht.

»Ich habe mich entschlossen, den Fall an Geiger abzugeben«, offenbarte Brandauer seiner Kollegin, nachdem sie auf dem Hof des Reviers eingeparkt hatten. »Soll der sich doch damit rumquälen.«

Die Neubert nahm es widerspruchslos hin. Was hätte sie auch sagen können. Als sie wieder im Büro waren, lag ein Bericht von Brömel auf ihrem Tisch, der am Vormittag zwei Jugendliche auf frischer Tat ertappt hatte, die in der Gartenstraße in Wriezen einer alten Dame die Handtasche klauen wollten.

»Na bitte! Ich seh schon, der Tag wird doch noch von Erfolg gekrönt sein«, sagte Brandauer lakonisch. »Fahr du zu den Eltern des einen, ich nehme mir den anderen vor.« Damit warf er seiner Kollegin die entsprechenden Unterlagen auf den Schreibtisch und machte auf dem Hacken kehrt.

Kapitel 14

Es war alles wieder wie vor dem Unfall. Man beschäftigte sich mit den kleinen Delikten des Brandenburger Alltags: Ladendiebstähle, Kellereinbrüche, gestohlene Fahrräder und dergleichen mehr und hatte dabei eine Erfolgsquote von nahezu hundert Prozent. Die beiden Jungen, die man des versuchten Handtaschendiebstahls bezichtigt hatte, waren noch nicht strafmündig und mussten sich nur von Kollegin Neubert einen pädagogisch wertvollen Vortrag, den sie gekonnt mit strenger Miene rüberbrachte, anhören. Danach wurden sie dazu verdonnert, der alten Dame 14 Tage lang den Müll runterzubringen.

Die Lustlosigkeit, mit der beide Kommissare allerdings ihre Arbeit am Schreibtisch verrichteten, ließ darauf schließen, dass sie noch immer nicht vollständig mit dem Entführungsfall Wiebke Schirrmacher innerlich abgeschlossen hatten.

Am Nachmittag stand die Neubert plötzlich vor Brandauers Schreibtisch und bat darum, früher gehen zu können.

»Chef, ich muss mich irgendwie ablenken und habe beschlossen, meinem Wohnzimmer einen neuen Farbanstrich zu verpassen. Ich kann das Altrosa nicht mehr sehen. Kann ich heute 'ne halbe Stunde früher gehen. Überstunden haben sich ja genug angesammelt. Ich will noch im Baumarkt vorbeischauen und Farbe besorgen.«

Brandauer sah sie verständnisvoll an und nickte:

»Na klar, mach das. Wie soll's denn werden? Schwarz?«

»Wenn es nach meiner momentanen Stimmungslage ginge, ja.«

Sie schnappte sich ihre Jacke und ihre Handtasche, verabschiedete sich und stand schon an der Tür, als Brandauer mit der Faust auf seine Schreibtischplatte drosch, als wollte er sie in zwei Teile teilen.

»Herrgott, wie kann man denn so blöd sein?«

Die Neubert drehte sich, die Türklinke schon in der Hand, erschrocken um und fragte irritiert:

»Meinst du jetzt mich, Chef?«

»Quatsch, ich rede von mir und falls du damit besser leben kannst von mir aus auch von uns!«

Sie machte die Tür wieder zu, ging mit schnellen Schritten wieder zurück zu ihrem Schreibtisch, legte Jacke und Handtasche ab, setzte sich und sah ihn erwartungsvoll an.

Er fixierte sie eine Weile und fragte sie dann:

»Erinnerst du dich noch, was die KTU bezüglich der schwarzen Lackspuren am Toyota rausgefunden hatte?«

»Dass sie von dem Truck stammen müssten, auf den die Wertheimers aufgefahren waren?«

»Weiter?«

»Dass man das Modell mithilfe der Farbspuren leider nicht ermitteln kann?«

»Weil ...?«

»Weil es nicht der Originallack ist.«

»Was wäre demnach also denkbar?«

Die Kommissarin dachte angestrengt nach.

»Dass der Truck ursprünglich gar nicht schwarz war! ... Franz, ich glaube, ich will ein Kind von dir.«

Die Neubert sprang auf und hüpfte im Dreieck. Sie kriegte sich gar nicht wieder ein vor Glück. Dann hielt sie erschrocken inne und streckte Brandauer beide Hände mit gespreizten Fingern entgegen.

»Den letzten Satz nehme natürlich wieder zurück. Es war nur die höchste Form von Anerkennung, die ich zu vergeben habe.«

»Schade, eigentlich«, konnte sich Brandauer nicht verkneifen.

Sie sah verschämt zur Seite, setzte sich wieder hinter ihren Bildschirm, warf mit einer lässigen Handbewegung ihren Zopf nach hinten und fuhr ihren PC hoch.

»Das heißt, wir erweitern das Suchfenster noch einmal, indem wir die Farbvorgabe rausnehmen?«

»Genau.«

Sie ließ wieder geschmeidig ihre Spinnenbeine über die Tastatur gleiten und gab die Suchdaten erneut ein, jedoch mit dem Hinweis ‚alle‘ im Feld ‚Farbe‘.

»Jetzt spuckt er sieben aus.«

»Dann mach mir bitte mal eine Liste der Fahrzeughalter, und versuche etwas über Alter, Größe und Beruf rauszukriegen und an Fotos von ihnen ranzukommen.«

»Geht klar, Chef.«

Eine halbe Stunde später hatte die Neubert alle Daten beisammen und in eine Exceldatei übertragen.

Brandauer stand am geöffneten Fenster und rauchte. Normalerweise hätte die Kommissarin sich mit Nachdruck dagegen verwehrt, aber jetzt sah sie ihn nicht einmal strafend an.

»Ich bin so weit, Franz.«

»Super. Aber, was wird jetzt aus dem Baumarkt?«

»Scheiß drauf! Das kann auch bis morgen warten.«

»Okay, dann suchen wir mal die raus, die am ehesten in unser Profilbild passen: Größe 180-190, Alter zwischen 40 und 50, und von denen nehmen wir den zuerst, der am dichtesten dran wohnt.«

»Gut! Dann fangen wir am besten mit Harald Kleinschmidt an.«

»Wo wohnt der?«

»In Altlandsberg.«

»Wie weit ist das weg?«

»Ähm, ... lass sehen, ... 40 Kilometer.«

»Wohnt noch einer von den Kandidaten in der Ecke oder auf dem Weg dahin?«

»Nur einer, Friedhelm Hoffmann. Alle anderen sind noch weiter weg.«

»Ernsthaft? Dann ist es einer von den beiden. Los fahren wir.«

Brandauer schnippte seine Kippe aus dem Fenster, schloss es und nahm sich seinen Trenchcoat.

Entgegen allen Erwartungen saßen sie zwei Stunden später wieder genauso geknickt hinter ihren Computern wie heute früh. Keiner von beiden Verdächtigen konnte es gewesen sein. Man musste nicht einmal nach ihren Alibis fragen, weil ihre Fahrzeuge noch die Originalfarbe hatten und völlig intakt in der Garage standen.

»Mann!«, fluchte die Neubert. »Es hörte sich alles so logisch an.«

Brandauer sah sie mit dem traurigsten Blick, den er auflegen konnte, an:

»Dann gilt das mit dem Kind jetzt wohl nicht mehr?«

»Mann, Chef, das war'n Scherz.«

Brandauer ging langsam zum Fenster und sah nachdenklich hinaus. Von Westen her zogen Wolken auf und bildeten in kürzester Zeit eine geschlossene Wolkendecke. Nach einer Weile sagte er:

»Wir wollten noch bei Geiger anrufen.«

»Stimmt, aber ich vermute, der wird nicht mehr im Büro sein.«

Brandauer sah auf die Uhr über der Tür. Beide wussten, dass Geiger zu der Sorte Beamter zählte, denen der pünktliche Dienstschluss über alles ging.

»Irgendwas müssen wir übersehen haben, Beate.«

»Bloß was?«

Der Kommissar warf den Stift, auf dem er die ganze Zeit rumgekaut hatte, frustriert auf den Tisch.

»Ich weiß es nicht, Beate, ich weiß es nicht. Soll sich doch die Arschgeige den Kopf zermartern. Ich bin mit meinem Latein am Ende.«

Die Neubert unternahm noch ein, zwei Anläufe, um ihren Chef bei der Stange zu halten. Aber der hatte endgültig genug.

Am nächsten Tag beschäftigte man sich wieder mit den Dingen, die wegen des Entführungsfalls liegen geblieben waren, verfasste belanglose Berichte und digitalisierte alte Akten. Es war genau die richtige Beschäftigung, um auf andere Gedanken zu kommen.

Während die Neubert in gewohnt rasanter Geschwindigkeit ihre Tastatur bearbeitete, registrierte sie im Augenwinkel, dass Brandauer seit einer ganzen Weile auf den vor ihm stehenden Bildschirm starrte. Das sah jetzt nicht wirklich nach produktivem Arbeiten aus.

Draußen hatte es inzwischen angefangen zu regnen – endlich.

»Wie oft aktualisieren die im Kraftverkehrsamt eigentlich ihre Datenbank?«, fragte Brandauer plötzlich.

»Ich vermute, die ist immer aktuell.«

Die Antwort kam eher beiläufig, ohne dass die Neubert ihre Arbeit unterbrach, und klang recht gelangweilt. Brandauer hatte mittlerweile wieder seinen Stift am Wickel und kaute auf ihm herum.

»Warum fragst du, Chef?«, hakte sie nach einer Weile nach, weil Brandauer nichts weiter sagte.

»Vielleicht ist das die Erklärung«, antwortete er eher zu sich selbst. Jetzt unterbrach sie doch ihre Arbeit.

»Wie meinst du das? Versteh ich nicht.«

»Na, wenn der seinen Truck unmittelbar nach dem Unfall verkauft oder abgemeldet hat, taucht er doch nicht mehr in der Datenbank auf, oder?«

Beide sahen sich an und dachten über die Konsequenz nach. Plötzlich füllten sich die Gesichter wieder mit Leben und es wurde hektisch.

»Das wäre allerdings eine Erklärung.«

»Gib doch mal das Datum vom Unfall in die Maske ein.«

»Augenblick, muss den Vorgang hier nur mal eben abspeichern.«

Die Neubert warf einen flüchtigen Blick auf den Kalender der Sparkasse, der an der gegenüberliegenden Wand hing, und gab das Datum vom vergangenen Sonntag in die Maske ein. Beide sahen wie gebannt auf den Monitor. Nichts passierte.

Dann plötzlich poppte ein Fenster auf. Die Neubert schnappte sich die Liste mit den Fahrzeughaltern, die sie sich letztes Mal ausgedruckt hatte, und verglich sie, mit der, die auf dem Bildschirm zu sehen war. Brandauer hatte sich inzwischen auf dem Schreibtisch der Neubert aufgestützt und wäre ihr am liebsten in den Monitor gekrochen.

»Du hattest recht, Franz. Jetzt hat das Programm einen Fahrzeughalter mehr ausgespuckt.«

Brandauer schlug mit der flachen Hand auf den Tisch, dass die Teetasse der Neubert bedenklich zu wackeln anfing.

»Ich hab's doch geahnt!«

Nachdem die Kommissarin die Daten eine Weile abgeglichen hatte, sagte sie:

»Der neue Kandidat heißt Enrico Beckmann.«

»Dann versuchen Sie doch mal, mehr über den guten Mann in Erfahrung zu bringen, Frau Kommissarin.«

»Oberkommissarin, bitte schön! So viel Zeit muss sein«, korrigierte die Neubert Ihren Chef, der bereits wieder eine Zigarette im Mundwinkel hatte.

Dann flogen wieder ihre Finger über die Tastatur und bereits eine Minute später sagte sie:

»Verheiratet, zwei erwachsene Kinder 19 und 21. Er fährt einen schwarzen RAM 1500, Baujahr 21.«

»Wo wohnt der Kerl?«

»Er wohnt in Neuenhagen. Das ist keine fünf Kilometer von hier.«

»Alter?«

»46.«

»Beruf?«

»Verwaltungsangestellter.«

»Das ist er. Den holen wir uns. Lass uns mit der ganzen Mannschaft anrücken, falls er Sperenzien macht.«

»Jetzt?«

»Wann sonst, Mittagessen fällt heute mal aus.«

»Wir können den ohne richterliche Anordnung doch nicht einfach verhaften, Chef!«

»Für mich ist da Gefahr in Verzug.«

»An welche Art von Gefahr dachten Sie denn da, Herr Hauptkommissar?«, versuchte die Neubert den Staatsanwalt zu imitieren, der für sie zuständig war.

»Fluchtgefahr zum Beispiel!«

»Warum sollte der denn fliehen? Der weiß ja nicht mal, dass wir ihn verdächtigen.«

»Meine Güte, dann halt erhebliche Verdunklungsgefahr, Frau Oberkommissarin.«

»Und du glaubst ernsthaft, dass du damit bei unserem Staatsanwalt durchkommst?«

»Nee, eigentlich nicht.«

»Willst du ihm mit dringendem Tatverdacht kommen, Franz? Wir haben doch überhaupt keine Beweise. Ganz abgesehen davon, dass wir überhaupt nicht mehr zuständig sind.«

Brandauer hatte die Hände in den Hosentaschen vergraben und lief ruhelos vor seinem Schreibtisch hin und her. Er wusste, dass die Neubert recht hatte. Er wusste auch, dass aufgrund der nicht vorhandenen Beweislage keine Chance bestand, einen Richter zu finden, der einen Haftbefehl ausstellen würde.

»Dann machen wir halt eine Zeugenbefragung zu dem Unfall daraus! Der fällt nach wie vor in unsere Zuständigkeit.«

»Und seit wann rückt man dafür mit einer Hundertschaft aus, Franz?«

Jetzt wurde Brandauer laut.

168

»Dann müssen sich die Kollegen eben im Hintergrund halten, mein Gott. Ich will ja nur verhindern, dass der uns stiften geht, Beate.«

Der Kommissar maß, mit beiden Händen in den Hosentaschen, weiterhin die Länge seines Büros ab. Immer wenn er vor dem Fenster angelangt war, blieb er stehen, um gedankenschwanger hinauszusehen. Was da inzwischen vom Himmel runterkam, hatte sich zu einem passablen Landregen entwickelt und versprach endlich die lang ersehnte Abkühlung.

»Ruf noch mal in Eberswalde an, Beate, und frage, ob die inzwischen neue Erkenntnisse haben. Ich gehe derweilen eine rauchen.«

Als er vom Hof wieder hochgekommen war, hatte die Neubert ihr Telefonat gerade beendet.

»Und?«

Brandauer hängte seinen nassen Trenchcoat an den Haken des Garderobenständers und sah sie erwartungsvoll an.

»Nichts Neues. Sie tappen noch völlig im Dunkeln und wollen morgen an die Presse gehen. Vielleicht haben ja irgendwelche Zeugen was gesehen.«

»Ach du Kacke! Wenn der Beckmann mitkriegt, dass man die Leiche gefunden hat, ist er alarmiert und beseitigt alle Spuren, die es jetzt vielleicht noch gibt.«

»Aber vielleicht ist das genau das, was uns jetzt weiterbringen würde, Franz.«

»Du meinst, wenn man ihn dabei erwischen würde.«

»Könnte doch sein, oder?«

»Aber dann müssten wir ihn ab sofort Tag und Nacht observieren, Beate. Wer soll das machen?«

»Hast du eine bessere Idee, Franz?«

»Vielleicht sollten *wir* ihn nervös machen, bevor Geiger damit an die Presse geht, dass sie die Leiche gefunden haben.«

»Warum das?«

»Wenn Beckmann davon ausgeht, dass man die Leiche noch nicht gefunden hat, aber man ihn mit dem Unfall in Verbindung bringen will, kriegt er vielleicht Schiss und fängt an, darüber nachzudenken, ob er irgendwelche Fehler gemacht hat.«

»Du meinst, er könnte vielleicht auf die Idee kommen, noch mal an den Ort zu fahren, wo er die Schirrmacher abgelegt hatte?«

»Das ist unsere einzige Chance, Beate. Wir haben überhaupt nichts gegen ihn in der Hand. Wenn der sich nicht selber überführt, kriegen wir ihn nicht.«

»Vielleicht hast du recht, Franz.«

»Ich hab eine Idee, Beate. Los trommle die Mannschaft zusammen.«

Die Neubert griff zum Telefon, um alle Kollegen und Kolleginnen ins Konferenzzimmer zu bitten. Dort machte Brandauer sie mit dem aktuellen Stand der Ermittlungen vertraut und weihte sie in seinen Plan ein. Zwanzig Minuten später rückte man mit fünf Mann hoch aus – Großeinsatz, so zu sagen, der größte, den Bad Freienwalde seit dem Überfall auf die Volksbank vor acht Jahren gesehen hatte.

Kapitel 15

Brandauer und seine Kollegin hatten beschlossen, Beckmann allein gegenüberzutreten. Es ging ja schließlich nur um eine Zeugenbefragung. Außerdem wollte Brandauer die erste Reaktion des Verdächtigen sehen. Von ihr hing für ihn alles Weitere ab, denn ihm war bewusst, dass er sich auf ganz dünnem Eis bewegte.

Alles was jetzt passieren würde, könnte Brandauer den Kopf kosten. Er war weder zuständig, noch lagen irgendwelche Beweise vor, die eine Festnahme Beckmanns rechtfertigen würden. Nicht einmal Indizien gab es. Der zuständige Staatsanwalt in Eberswalde hätte ihn gefragt, ob er noch ganz bei Trost wäre und ihm mit einem Disziplinarverfahren gedroht.

Wenn die Sache heute völlig aus dem Ruder laufen würde, könnte er sich darauf einstellen, ab morgen nur noch seine fünf Hühner zu füttern und den Hund Gassi zu führen.

Die Kollegen hatten den Wagen in einer Seitenstraße abgestellt und das Haus umstellt. Sie hatten aber die Order, sich im Hintergrund zu halten und nur bei einem Fluchtversuch einzugreifen.

Als der Kommissar die Klingel an der Eingangstür betätigte, war die Anspannung, die in der Luft lag, nahezu greifbar. Nichts tat sich. Brandauer übergab der Neubert seinen Regenschirm, machte einen Schritt zur Seite und riskierte einen Blick in die offene Garage. Es stand ein Haufen Gerümpel darin. Ein Wagen war nicht zu sehen. Da der Regen nicht nachgelassen hatte, sah er zu, dass er schnell wieder Schutz unter dem Schirm fand. Nach dem zweiten Klingeln wurde ihnen geöffnet.

»Sind Sie Enrico Beckmann?«

Der Mann, der ihnen gegenüberstand, war etwa ein Meter fünfundachtzig groß, hatte dunkles lockiges Haar und war von eher schmächtiger Statur. Er hielt ein Geschirrhandtuch in der Hand, mit dem er sich die Hände trocknete. Er grinste unsicher, wich einen Schritt zurück und fragte:

»Wer will das wissen?«

Beide Kommissare zückten zeitgleich ihren Ausweis und hielten ihn ihrem Gegenüber vor die Nase.

»Wir sind von der Polizei und hätten ein paar Fragen an Sie. Also noch mal, sind Sie Enrico Beckmann?«

Da war sie, die erste Reaktion. Sie fiel nicht so aus, wie Brandauer es sich erhofft hatte. Aber noch war Beckmann ja nicht klar, worum es geht.

»Ja?!«

Die Rückmeldung klang, als wäre er sich selbst nicht ganz sicher, ob er es tatsächlich war.

»Wir untersuchen einen Unfall, der sich in der Nacht von Samstag auf Sonntag letzter Woche auf der B167, in der Nähe von Kunersdorf zugetragen hat.«

172

Beckmanns Pupillen weiteten sich für den Bruchteil einer Sekunde.

»Und was soll ich damit zu tun haben?«

»Fahren Sie einen schwarzen Truck, der Marke Dodge?«

»Nein?!«

Auch in dieser Antwort schwang viel Unsicherheit mit. Die Neubert zog ihre Augenbrauen hoch und sah ihren Chef an. Der ließ sich nichts anmerken, beobachtete den Verdächtigen weiter und hakte nach:

»Einen RAM 1500, Baujahr 21«, konkretisierte Brandauer. Ab jetzt gingen sie in den Wechselmodus über. Ein Verfahren, das sich in der Vergangenheit schon des Öfteren bewährt hatte. Sie wechselten sich mit ihren Fragen ab.

»Nein?!«

Beckmann wurde sichtlich nervös. Er rieb sich weiterhin die schon trockenen Hände und sah abwechselnd von einem zum anderen.

»Wir wissen aber, dass ein Wagen dieses Fabrikats zum Zeitpunkt des besagten Unfalls auf Ihren Namen zugelassen war«, entgegnete die Kommissarin.

»Ich hab den Wagen nicht mehr. Hab ihn vor ner Woche verkauft.«

Er rieb sich weiter die Hände, versuchte zu lächeln und sah von einem zum anderen.

»Können Sie uns den Namen des Käufers sagen?«

»Den kenne ich nicht.« Beckmann schüttelte den Kopf. »War ein Pole. Hat bar bezahlt.«

»Haben Sie eine Kopie des Kaufvertrages?«

»Nee, wir haben keinen gemacht.«

Er machte eine Pause und sah zur Seite, wohl, ob seine Frau gleich auftauchen würde. Dann fuhr er fort:

»Das war nicht nötig. Der Wagen hatte Motorschaden. Eine Reparatur hätte sich nicht gelohnt. Verstehen Sie? Der Pole wollte ihn nur ausschlachten. Er hat ihn abgeschleppt und ich habe ihn noch am selben Tag abgemeldet.«

Beckmann nickte mehrmals, um seine Aussage zu bekräftigen, und war um ein freundliches, unbefangenes Lächeln bemüht.

»Wo waren Sie in der Nacht von Samstag, den 14. auf Sonntag, den 15.?«

»In meinem Keller.«

Die Antwort kam auffallend schnell, fand Brandauer. Er selbst hätte deutlich länger darüber nachdenken müssen, was er in der Nacht getan hatte.

»In welchem Keller?«

»Hab im Ort einen Kellerraum angemietet. Hab da eine Modelleisenbahnanlage. Ist ein Hobby von mir.«

Wieder dieses freundliche Kopfnicken und Lächeln. Auch das Geschirrhandtuch wurde immer noch beansprucht.

»Aber was soll die ganze Fragerei?«

Beckmann wurde zusehends ungehaltener und es stand zu befürchten, dass er als Nächstes die Tür zuschlagen würde und durch die Hintertür zu fliehen versucht. Aber da waren ja die Kollegen.

»Haben Sie Zeugen dafür?«

»Nein, Herrgott, was wollen Sie von mir?«

Er hatte die Fassung verloren und fuhr sich mit einer Hand nervös durch die schwarzen Locken, während die andere krampfhaft das Handtuch festhielt. Im Hintergrund hörte man Schritte und dann stand auf einmal seine Frau neben ihm.

»Was ist los Enrico, was wollen die von dir?«

»Ich hab keine Ahnung, Kati. Es geht um irgendeinen Unfall.«

Beckmann fuchtelte wild mit den Armen und hätte sich am liebsten in Luft aufgelöst.

Die Kommissare begrüßten Frau Beckmann freundlich und entschuldigten sich für die Störung, um sich anschließend wieder an den Ehemann zu wenden.

»Hören Sie, Herr Beckmann, der Fahrer des Unfallfahrzeugs glaubt, Ihren Wagen erkannt zu haben. Wir haben keine Lust, noch länger hier im Regen zu stehen, deshalb würden wir Sie bitten, morgen im Laufe des Tages zu uns aufs Revier zu kommen und eine Aussage zu machen.«

Die Frau sah ihren Mann verunsichert an:

»Was denn für ein Unfall, Enrico?«

»Ich hab keine Ahnung, Kati.«

»Okay, wir sehen uns dann morgen, Herr Beckmann, am besten schon am Vormittag.«

Die Kommissare hoben die Hand zum Gruß und drehten sich um, um zu gehen.

»Ich schätze, das wird nicht klappen, Herr Kommissar. Ich bin schließlich berufstätig.«

»Dann kommen Sie bitte nach der Arbeit, aber noch vor 18 Uhr, wenn's möglich ist.«

Mit einem von Beckmann nicht bemerkten Handzeichen gab Brandauer den Kollegen im Hintergrund zu verstehen, dass sie sich unauffällig zurückziehen sollten.

Er selbst und die Neubert stiegen in ihren BMW und fuhren den Wagen gemächlich um die Ecke. Brandauer wendete und parkte den BMW so, dass er den Eingang von Beckmanns Haus im Blick hatte.

»Es wird jetzt mächtig in ihm arbeiten, Beate. Zunächst aber wird er seiner Frau erklären müssen, was los ist. Er wirkte auf mich alles andere als souverän.«

»Stimmt! Er wurde ganz schön nervös.«

»Ich sehe die beiden direkt vor mir stehen«, fuhr Brandauer fort und soufflierte mit angehobener Stimme:

»Von welchem Unfall redeten die, Schatz?«, um mit gesenkter Stimme selbst zu antworten:

»Ich hab keine Ahnung, Liebling!«

»Der muss sich jetzt auf die Schnelle eine Geschichte ausdenken, um seine Frau zu beruhigen«, bemerkte die Kommissarin.

»Und dann wird er anfangen, darüber nachzudenken, was der Fahrer des Toyotas alles mitgekriegt haben könnte«, vermutete Brandauer.

»Er war garantiert davon ausgegangen, dass der den Unfall nicht überlebt hatte.«

»Womit er ja eigentlich auch recht hat.«

»Je nachdem, zu welchem Zeitpunkt er ihm in den Truck geknallt ist, könnte er theoretisch mitgekriegt haben, wie Beckmann die Schirrmacher auf dem Feld gejagt hat oder sie gezwungen hat, wieder in seinen Wagen zu steigen. Er muss jetzt damit rechnen, dass er durch die Aussage des Fahrers des Unfallfahrzeugs mit dem Verschwinden der Schirrmacher in Verbindung gebracht werden könnte. Und der Gedanke wird ihn nicht loslassen.«

Die Scheiben im Auto fingen an zu beschlagen und erschwerten den Blick auf Beckmanns Haustür. Brandauer fragte seine Kollegin:

»Hast du mal ein Taschentuch, Beate?«

Sie langte an die Gesäßtasche ihrer Jeans.

»Warum haben Männer nie Taschentücher?«

»Weil richtige Männer nicht weinen.«

Brandauer befreite sein Seitenfenster vom Beschlag, der sich sofort wieder neu zu bilden versuchte.

»Könntest du vielleicht mal aufhören zu atmen, Beate. Die Scheibe beschlägt schon wieder.«

Die Neubert ignorierte seinen blöden Spruch und fragte:

»Und womit rechnest du jetzt, Franz?«

»Er wird in irgendeiner Weise aktiv werden. Es ist nur eine Frage der Zeit.«

»Er hat aber kein Auto mehr, Franz.«

Brandauer sorgte erneut für bessere Sicht.

»Aber seine Frau hat eins. Ich bin davon überzeugt, dass der anthrazitfarbene Golf da drüben ihr gehört.«

»Das lässt sich ja feststellen.«

Sie zückte ihr Handy, um eine Halterabfrage in die Wege zu leiten, und eine Minute später hatten sie die Gewissheit: Es war der Wagen von Katharina Beckmann.

»Was hast du vor, Chef, wollen wir jetzt die ganze Zeit hier warten?«

»Nee, das macht keinen Sinn. Ich glaube eh, dass Beckmann zu den nachtaktiven Spezies gehört. Wir werden einen Peilsender am Golf anbringen und die Sache vom Revier aus beobachten.«

Brandauer griff nach seinem Smartphone und wählte Brömels Nummer.

»Jochen? Seid ihr schon zurück? Sei doch so gut, und gib dem Kollegen Hansen mal einen unserer Peilsender. Er soll ihn unauffällig an dem anthrazitfarbenen Golf anbringen, der vor dem Haus von Beckmann steht ... ja, jetzt sofort! Danke dir!«

Brandauer legte auf. Da inzwischen wieder alles beschlagen war, entschloss er sich, die Zündung anzustellen. Er hantierte so lange an den Drehknöpfen und Schiebern für die Lüftung, bis die Wrasenbildung langsam nachließ.

»Solange warten wir noch, dann rücken wir auch ab«, sagte er zur Neubert.

Der Kommissar ließ das Seitenfenster runter und griff in seine Manteltasche. Die Kommissarin wusste sofort, was das bedeutete.

»Och nee, bitte nicht, Chef. Nicht hier im Wagen.«

Brandauer ließ sich jedoch nicht abhalten, stupste sich eine Zigarette aus der Schachtel und steckte sie sich in den Mundwinkel. Dann sah er sie verschmitzt an:

»Ich tu ja nur so!«

Es dauerte etwa zwanzig Minuten, da kam von vorn ein Jogger angelaufen. Er trug eine schlabbrige Jogginghose und ein durchgeschwitztes T-Shirt. Um den Hals hatte sich der junge Mann ein Handtuch gelegt. Er schleppte sich mit letzter Kraft bis zu dem Golf, stützte sich schwer atmend am rechten Kotflügel des Fahrzeugs ab, nahm sein Handtuch, um sich das Gesicht und die nassen Haare abzutrocknen, legte es sich wieder um den Hals und lief dann weiter.

»Donnerwetter!«, bemerkte die Neubert anerkennend. »Manche Menschen lassen sich von keinem Wetter davon abhalten, was für ihre Gesundheit zu tun.«

Als der Jogger in Höhe ihres BMWs war, erkannten sie ihn. Es war Hansen. Er zwinkerte ihnen zu, reckte den rechten Daumen in die Höhe und lief weiter, ohne anzuhalten.

Der Kommissar und die Neubert sahen sich irritiert an und prusteten plötzlich gemeinsam los. Als sich die Kommissarin wieder beruhigt hatte, sah sie ihren Chef an und fragte:

»Hattest du nicht was von unauffällig gesagt?«

Wieder im Revier angekommen, aktivierten sie den GPS-Empfänger und warteten darauf, dass er ein Signal absenden würde. Nach einer Weile sagte Brandauer:

»Lass uns Schluss machen für heute, Beate. Vermutlich müssen wir heute eine Nachtschicht einlegen.
Ich nehme den Empfänger mit nach Hause. Ich bin
davon überzeugt, dass Beckmann bis zum Einbruch
der Dunkelheit warten wird.«

»Okay Chef. Aber sag mir Bescheid, wenn sich
was tut.«

Brandauer griff sich seinen Mantel, steckte das
GPS-Gerät in die Brusttasche und verließ das Büro.
Auf der Treppe kam ihm Hansen entgegen, immer
noch im Trainingsoutfit und über das ganze Gesicht
strahlend.

»Wie war ich, Herr Hauptkommissar?«

»Ganz großes Kino, Hansen, absolute Weltklasse.
Sollte das mit dem Polizeidienst nicht klappen,
müssen Sie unbedingt nach HOLLYWOOD gehen.«

Brandauer rollte mit den Augen, als er an Hansen
vorbei war und verließ das Revier. Auf seinem Hof
angekommen, wurde er beim Betreten des Hauses von
Rolex freudig empfangen. Der Kommissar schnappte
sich sofort die Leine, schob sich eine Zigarette in den
Mundwinkel und machte mit dem Weimaraner seine
Runde. Es hatte zu regnen aufgehört.

Während er mit seinem Vierbeiner durch die
Felder streifte, versuchte er sich in Beckmanns Lage
zu versetzen. ,*Was wird der jetzt tun?*', fragte er sich.
Die größte Gefahr für Beckmann bestand darin, ihm
nachweisen zu können, dass sein Truck in den Unfall
verwickelt war. Wenn es ihm gelänge, das zu verhin-

dern, hätte er gute Karten, auch mit der Entführung nicht in Verbindung gebracht zu werden.

Der Wagen hatte keinen Motorschaden. Da war sich Brandauer sicher. Und deshalb ist auch nicht davon auszugehen, dass der Wagen in Polen verschrottet wurde. Der Käufer wird den Schaden im Heckbereich reparieren und den Wagen dann entweder selbst weiterfahren oder ihn weiter verkaufen.

Eine Gefahr würde der Wagen vor allem so lange für Beckmann darstellen, wie er noch nicht repariert ist und Lackspuren von dem verunfallten Toyota auf der Karosserie zu finden sind.

Er wird also eventuell nach Polen fahren und sich vergewissern, was aus dem Wagen geworden ist. Brandauer war überzeugt davon, dass Beckmann wusste, wo in Polen der Wagen sein wird. Vermutlich hatte er ihn sogar selbst unmittelbar nach der Tat hingebracht, dachte Brandauer, damit er so schnell wie möglich von den deutschen Straßen verschwand.

Der Kommissar blieb stehen und stutzte.

‚Wer sagt eigentlich, dass die Geschichte mit dem Polen stimmt? Vielleicht hat er den Truck gar nicht verkauft, sondern nur irgendwo untergestellt?‘

Brandauer ging weiter. Rolex hatte er von der Leine gelassen. Der Weimaraner trabte entspannt den Feldweg entlang, schnüffelte mal hier mal dort und hob gelegentlich das Bein, um seine Duftmarke zu setzen. Aber er entfernte sich nie mehr als fünfzig Meter von seinem Besitzer.

Plötzlich meldete sich der GPS-Tracker. Der Golf bewegte sich. Brandauer hatte sich geirrt. Beckmann wartete nicht, bis es dunkel wurde. Laut fluchend rief er den Hund zu sich und nahm ihn wieder an die Leine. Im Laufschritt machte er sich auf den Weg zurück zu seinem Hof. Als er den Versuch unternahm zu rennen, merkte er, dass er überhaupt keine Kondition mehr besaß. Schon nach wenigen Metern verfiel er wieder in einen moderaten Laufschritt. Wann war er das letzte Mal gerannt? Er kam sich vor wie ein Siebzigjähriger. Bis zu seinem Wagen bräuchte er bei diesem Tempo knapp zehn Minuten. Bis dahin wäre Beckmann über alle Berge. Nach Luft japsend griff er zum Telefon und rief die Neubert an.

»Beate? ... Es geht los ... Setz dich in Bewegung ... ja, natürlich mit dem Auto! ... und lass dein Telefon an ... ich sag dir, wo er lang fährt.«

Die Kommissarin brauchte keine Minute, bis sie im Wagen saß. Sie verließ gerade die Stadt über die B167 nach Osten, als Brandauer sich wieder bei ihr meldete. Inzwischen hatte er Zuflucht auf der nächsten Bank gesucht. Es machte keinen Sinn mehr, sich zu beeilen. Die Neubert musste das alleine hinkriegen.

»Warte mal, Beate, er kommt dir entgegen, ist gerade auf der B158, in Richtung Bad Freienwalde.«

Die Kommissarin stieg auf die Bremse und fuhr an den rechten Straßenrand.

»Sag mir Bescheid, wie er weiterfährt.«

»Er ist gleich an der Kreuzung zur B167 ... jetzt biegt es nach rechts ab.«

»Okay, dann wird er gleich hier sein. Ich wende und warte, bis er an mir vorbei ist, dann nehme ich die Verfolgung auf, Chef.«

Die Kommissarin riss das Steuer rum, wendete und hielt am Straßenrand an.

»Er taucht jetzt in meinem Rückspiegel auf, ... jetzt hat er mich überholt, ... ich klemme mich an ihn ran.«

»Aber halte genug Abstand, Beate.«

»Ich mache das nicht zum ersten Mal, Chef!«

»Ich meine ja nur.«

»Er biegt links ab ... fährt auf den ALDI-Parkplatz ... parkt ein.«

Auch sie hatte angehalten und beobachtete den Golf aus einer sicheren Entfernung.

»Fehlalarm, Chef! Seine Frau steigt aus – allein. Ich glaub, die will nur einkaufen.«

»Na super! Dann fahr mal wieder nach Hause.«

Brandauer war nicht wirklich überrascht. Er hatte ja eh damit gerechnet, dass Beckmann erst nach Einbruch der Dunkelheit aktiv werden würde. Andererseits würde sich die Abwesenheit seiner Frau jetzt auch gut dafür eignen, Spuren zu beseitigen.

Plötzlich schoss ihm ein Gedanke durch den Kopf. Er erinnerte sich daran, wie er vorhin einen Blick in Beckmanns Garage geworfen hatte. Unter all dem Zeug, das da rumlag, hatte in der hinteren Ecke der Lenker eines Mopeds hervorgelugt.

Noch einmal griff er zum Telefon und rief seine Kollegin an.

»Kannst du bitte mal versuchen rauszukriegen, ob noch andere Fahrzeuge auf Beckmanns Namen zugelassen sind?«

»Dazu muss ich aber ins Büro fahren, Chef.«

»Mach das bitte und gib mir sofort Bescheid.«

Eine Viertelstunde später klingelte sein Telefon.

»Er hat noch eine Schwalbe angemeldet.«

»Ich habs geahnt! Fahr bitte sofort zu Beckmann und sag mir, ob die noch in seiner Garage steht. Da hatte ich sie nämlich vorhin gesehen.«

»Geht klar, Chef.«

Brandauer war mittlerweile wieder im Dauerlauf und hatte bereits sein Grundstück erreicht, als seine Kollegin sich wieder meldete.

»Ich bin vor seinem Haus, Chef. Beckmann setzt sich gerade den Helm auf und will losfahren.«

»Dann häng dich an ihn ran. Das musst du jetzt allein hinkriegen, Beate. Halte mich auf dem Laufenden und sei vorsichtig.«

»Geht klar, Chef. Ich melde mich.«

Eine gute halbe Stunde später klingelte sein Telefon. Brandauer war schon versucht sie anzurufen, weil er vor Ungeduld zu platzen drohte.

»Wir sind in Polen, Chef!«

»Okay, dann wird er den Käufer seines Trucks aufsuchen, denke ich.«

»Er hat sein Moped abgestellt und ist jetzt zu Fuß weiter. Wenn ich das richtig gesehen habe, hatte er einen Kanister unter dem Arm.«

Brandauer hörte, wie seine Kollegin schwer atmete. Offensichtlich war auch sie inzwischen zu Fuß unterwegs.

»Bleib schön weit weg, Beate. Der darf dich nicht sehen!«

»Ach was, man gut, dass du's sagst. Ich leg erst mal auf.«

Brandauer wollte ihr noch ein paar Tipps mit auf den Weg geben, aber da war die Verbindung bereits unterbrochen. Allzu gerne hätte er jetzt mit seiner Kollegin getauscht. So aber blieb ihm nichts anderes übrig, als sich in Geduld zu üben. Er nutzte die Zeit, sich zu überlegen, was er in Beckmanns Situation jetzt tun würde. Die Tatsache, dass er sein Moped abgestellt hatte und jetzt zu Fuß unterwegs war, ließ entweder darauf schließen, dass sein Wagen irgendwo in der Nähe stehen würde oder dass er etwas im Schilde führte, wo er sich verschiedene Fluchtwege offen halten wollte. Brandauer ahnte, was Beckmann vorhatte.

Sein Telefon klingelte erneut.

»Ich hab ihn verloren, Chef. Das ist hier ein riesengroßes Industriegelände. Allerdings mit wenig Industrie. Die meisten Lagerhallen stehen leer, manche scheinen an Autoschrauber vermietet zu sein, andere dienen als Müllkippe oder Schrottplatz.«

»Dann ist jetzt die Wahrscheinlichkeit, dass er *dich* entdeckt, größer, als die, dass du *ihn* wiederfindest.«

»Und was nun?«

»Warte einen Moment. Wahrscheinlich steigt gleich irgendwo schwarzer Rauch auf. Sag mir Bescheid, wenn es so weit ist.«

»Du nun wieder, mit deiner Kaffeesatzleserei.«

»Wirst ja sehen!«

Brandauer legte auf. Er zündete sich eine Zigarette an, ging zu der kleinen Holzbank, die vor seinem Haus stand, wischte das Regenwasser etwas ab und setzte sich.

Nach fünf Minuten klingelte das Telefon erneut.

»Du hattest mal wieder den richtigen Riecher, Franz. In einer der Autowerkstätten brennt es lichterloh.«

»Das dürfte Beckmanns Truck sein, Beate. Dessen bin ich mir so sicher, dass du nicht mal nachsehen musst. Beckmann sitzt wahrscheinlich inzwischen längst wieder auf seiner Schwalbe und ist auf dem Weg nach Hause.«

Kapitel 16

Als Brandauer und die Neubert am darauffolgenden Tag wieder an ihren Schreibtischen saßen, sah die Kommissarin ihren Chef an und sagte:

»Meinst du nicht, wir müssten Geiger Bescheid geben?«

»Ich glaube, das ist immer noch keine gute Idee, Beate.«

»Warum?«

»Was willst du dem denn erzählen? Dass gestern in Polen jemand ein Auto in Brand gesteckt hat und nicht dabei erwischt wurde ... die Wahrscheinlichkeit aber sehr groß ist, dass es sich dabei um unseren gesuchten Mörder handelt, weil ... weil was? ... Weil im Urbankrankenhaus in Berlin jemand auf der Intensivstation liegt, der mit dem Daumen wackeln kann?«

»Und was hast du jetzt vor, Franz?«

»Wir lassen Beckmann, wenn er kommt, eine Weile zappeln und dann werde ich ihn in die Mangel nehmen. Eigentlich können wir nur hoffen, dass er ein Geständnis ablegt.«

»Und warum sollte er das tun?«

»Weiß ich auch nicht.«

»Wir sollten Geiger wenigsten fragen, ob man an der Leiche inzwischen irgendwelche verwertbaren Spuren gefunden hat. Wenn er sie tatsächlich vergewaltigt haben sollte, hat er vielleicht seine DNA hinterlassen.«

»Da hast du natürlich recht. Kümmere dich mal bitte darum. Ich habe keine Lust, mit dem zu reden. Ich gehe inzwischen mal eine rauchen.«

Brandauer verschwand auf den Hof, steckte sich eine Zigarette in den Mundwinkel und überlegte, wie er Beckmann zur Strecke bringen könnte, ohne seine eigene Karriere vorzeitig zu beenden.

Sie hatten absolut nichts gegen ihn in der Hand: Es gab keine Zeugen, es gab keine Fingerabdrücke, das Auto war nicht mehr da und wenn man an der Leiche nichts gefunden hatte, war jedes Unterfangen, ihn mit der Tat in Verbindung bringen zu wollen, zum Scheitern verurteilt. Und doch musste es irgendeinen Weg geben.

Nach zehn Minuten erschien Brandauer wieder in seinem Büro und sah seine Kollegin neugierig an.

»Und?«

»Nichts! Keine Spermaspuren, keine sichtbaren Verletzungen. Entweder hat er ein Kondom benutzt und ist sehr behutsam vorgegangen oder er hat sich gar nicht an ihr vergangen.«

»Sag ich doch!«

»Auffällig ist, dass er große Flächen ihres Körpers mit einem Desinfektionsmittel behandelt hat. Vermutlich, weil er sichergehen wollte, dass man keine DNA von ihm auf ihrer Haut findet.«

»Das heißt, er hat sie vollständig entkleidet und hinterher wieder angezogen? Das hat er nicht im Wald getan, eher in einem geschlossenen Raum, allenfalls noch auf der Ladefläche seines Trucks.«

»Oder in seinem Keller. Vielleicht sollten wir uns seine Eisenbahnanlage mal genauer ansehen«, schlug die Neubert vor.

»Er hätte den Keller nicht selbst erwähnt, wenn er mit der Schirrmacher dort gewesen ist. Da bin ich mir sicher. Außerdem ... wer so gründlich vorgeht, wird auch woanders keine Spuren hinterlassen ... Allerdings wäre es schon mehr als auffällig, wenn auch der Keller desinfiziert wurde.«

Der Kommissar hatte noch nicht den Satz beendet, da ging die Tür auf und Brömel steckte den Kopf durch den Spalt.

»Er ist da, Franz, hat sich extra freigenommen.«

Brandauer bedankte sich für den Hinweis und überlegte, ob Beckmann schon reif für das war, was er mit ihm vorhatte, entschloss sich aber, ihn noch etwas zappeln zu lassen.

»Hat Geiger sonst noch was gesagt?«

»Ich hab gar nicht mit ihm selbst gesprochen.«

»Haben die gesagt, ob sie schon einen Schritt weiter sind?«

»Nee, die tappen noch immer völlig im Dunkeln.«

Der Kommissar ging zu seinem Schreibtisch und griff nach dem Telefon. Es dauerte eine Weile, bis abgenommen wurde.

»Hallo Jochen, sag mal, wo sind eigentlich die Sachen, die wir auf dem Acker gefunden haben? ... Mist! ... War das nicht zu verhindern?«

Brandauer legte verärgert wieder auf.

»Die Sachen sind schon bei Geiger. Er hat sie selbst abgeholt, als wir in Berlin waren.«

»Warum hast du danach gefragt?«

»Ach, nur so.«

Brandauer machte eine beiläufige Handbewegung.

»Hast du eigentlich die Nummer von der Mitbewohnerin von der Schirrmacher?«

»Oh Gott, die weiß es ja noch gar nicht«, fiel der Neubert ein.

»Ich kümmere mich darum«, sagte Brandauer. »Wollte sie eh noch was fragen.«

»Soll ich mitkommen?«

»Nicht nötig!«

Er schnappte sich seinen Mantel und verließ das Büro. Bis zur Goethestraße waren es nur fünf Minuten. Der Spaziergang würde ihm guttun.

Als er wieder zurück war im Revier, war es 16 Uhr. Er ging direkt zu Brömel und setzte sich auf dessen Schreibtisch.

Brömel hielt mit einer Hand sein Familienfoto fest und sah ihn an.

»Was gibt's?«

»Die Schuhe, der Stofffetzen, das Feuerzeug und die Kette der Schirrmacher sind jetzt bei Geiger?«

»Er hat die Sachen vorgestern persönlich abgeholt, ja.«

»Und was ist mit dem Bericht der KTU? Ist der auch mitgewandert?«

»Hat Hansen rübergefaxt, ja.«

»Wir haben den Bericht aber schon noch bei uns auf dem Rechner, oder?«

»Da muss ich Hansen fragen. Warum fragst du?«

»Ich würde da gern noch einmal reingucken.«

»Hansen ist vor fünf Minuten raus, aber ich kann ihn mal anrufen.«

Brömel nahm sich das Telefon und wählte Hansens Nummer.

»Hallo Hansen! Sagen Sie mal, ist der KTU-Bericht von der Mordsache Schirrmacher noch auf unserem Rechner? ... Ich weiß, dass Sie alles an Geiger geschickt haben, aber gibt es den Ordner noch als Kopie auf unserem Rechner oder haben Sie ihn gelöscht? ... Okay, das war's schon. Schönen Feierabend.« Brömel legte auf.

»Er sollte noch auf unserem Rechner sein, sagte er.«

»Dann sei doch so gut und schicke mir den Bericht mal hoch. Und den Beckmann werde ich mir jetzt vornehmen.«

»Der hat schon fünf Mal gefragt, wann er endlich wieder nach Hause kann.«

»Kannst ihn schon mal in den Verhörraum setzen.«

Brandauer ging nach oben in sein Büro. Die Neubert war gerade nicht da. Er fuhr seinen Rechner hoch, öffnete das Fenster weit und stupste sich eine Zigarette aus der Schachtel. Rauchend wartete er darauf, dass der Rechner mit dem Booten fertig werden würde.

Als der Computer endlich so weit war, nahm er sich den Bericht der KTU noch einmal vor und legte sich eine Strategie zurecht, wie er am besten vorgehen könnte. Er hatte Beckmann nur um eine Zeugenaussage gebeten. Für eine Vorladung zum Verhör fehlte es an sämtlichen Voraussetzungen. Also musste er Beckmann im Rahmen der Zeugenbefragung dazu bringen, den Mord an Wiebke Schirrmacher zu gestehen. Er überlegte, ob er auf die Neubert warten sollte, wusste aber nicht, wo die gerade war.

Inzwischen hatte er bereits die nächste Zigarette im Mundwinkel. Er stellte sich an das Fenster, spielte im Kopf durch, was ihn gleich erwarten würde, und sah auf die Uhr. Beckmann saß jetzt schon über eine halbe Stunde im Vernehmungsraum. *‚Schadet nichts‘,* dachte Brandauer. *‚Der kann ruhig noch eine Weile schmoren.‘*

Als die Neubert nach fünf Minuten immer noch nicht da war, riss ihm der Geduldsfaden. Er schnippte seine Kippe hinunter auf die Straße, schloss das Fenster und ging in den Vernehmungsraum. Seine Zigaretten und ein Einwegfeuerzeug hatte er mitgenommen.

Kapitel 17

Beckmann saß mit verschränkten Armen, die Beine lang ausgestreckt, auf dem Stuhl und sah Brandauer wütend an. Als der den Raum betrat, sagte er:

»Von wegen, ein paar Minuten. Ich sitze jetzt hier schon fast eine Stunde.«

»Ich hatte nicht von ein paar Minuten gesprochen, Herr Beckmann. Das waren Ihre Worte. Aber wie lange das hier noch dauert, hängt ab jetzt ausschließlich von Ihnen ab. Wenn es nach mir geht, sind wir in einigen Minuten fertig.«

Der Kommissar legte seine Zigarettenschachtel auf den Tisch und das Feuerzeug oben auf. Dann rückte er das Mikro ein Stück in die Mitte und sagte:

»Wir nehmen das Gespräch auf, wenn Sie nichts dagegen haben. Dann muss ich mir keine Notizen machen.«

»Ist das jetzt 'ne Zeugenbefragung oder wird das 'ne Vernehmung?«

Beckmann beugte sich nach vorne und stützte sich mit den Händen auf den Oberschenkeln auf.

»Es geht nur um eine Zeugenaussage, die zu Protokoll genommen werden soll, Herr Beckmann. Wenn wir hier fertig sind, wird sie abgetippt, dann müssen Sie sie unterschreiben und können eine Kopie davon mit nach Hause nehmen.«

Brandauer sah Beckmann in die Augen und lächelte.

»Wollen Sie die Ermittlungen unterstützen?«

»Selbstverständlich.«

»Das freut mich. Dann wollen wir mal loslegen: In der Nacht vom 14. auf den 15. August dieses Jahres, das war die Nacht von Samstag auf Sonntag letzte Woche, ereignete sich gegen zwei Uhr auf der B167 zwischen Kunersdorf und Vevais ein Verkehrsunfall.«

Beckmann begegnete dem fragenden Blick des Kommissars mit ausgebreiteten Armen:

»Ich hab davon in der Zeitung gelesen ... und?«

»Ein anthrazitfarbener Toyota Corolla fuhr auf einen schwarzen Truck auf, der am Straßenrand abgestellt war.«

»Ach was! Das wusste ich nicht.«

Beckmann war sichtlich überrascht. Weniger ob der Tatsache, als vielmehr darüber, dass die Polizei offensichtlich über Detailkenntnisse verfügt und fragte sich, woher sie die hatte.

»Der Toyota prallte gegen einen Baum und überschlug sich mehrfach, bevor er auf dem Dach zu liegen kam.«

»Tragisch, sehr tragisch!«

»Im Fahrzeug saß das Ehepaar Wertheimer. Die Frau war auf der Stelle tot, der Ehemann kämpft noch mit dem Leben.«

Beckmann erstarrte für einen Augenblick und schüttelte dann voller Bedauern den Kopf. Brandauer sah sein Gegenüber lange prüfend an und fragte dann:

»Sie bleiben dabei, mit dem Unfall nichts zu tun zu haben?«

Beckmann breitete erneut die Arme aus und schüttelte wortlos mit dem Kopf.

»Sehen Sie Beckmann, und da Sie – wie es scheint – keine sachdienlichen Hinweise, den Vorfall betreffend, machen können, wären wir eigentlich schon fertig.«

Brandauer erhob sich, klatschte in die Hände, breitete die Arme aus, als wollte er Beckmann umarmen und lächelte.

»Und dafür lassen Sie mich hier eine Stunde lang warten?«

Beckmann war mehr als verwirrt. Man sah förmlich, wie es in seinem Kopf arbeitete: *,Wollen die mich hier verarschen?'* Nach einer Weile erhob er sich langsam und sagte unsicher:

»Dann kann ich ja jetzt wohl gehen.«

»Selbstverständlich.«

Beckmann hatte schon fast die Tür erreicht, da stoppte ihn der Kommissar:

»Ach, einen Augenblick noch.«

Er öffnete den Deckel des Aufnahmegerätes, entnahm die Kassette, hielt sie kurz hoch, ging zur Tür und klopfte drei Mal. Die Tür öffnete sich. Hansen stand da, die Dienstmütze tief in die Stirn gezogen, wie ein amerikanischer Police Officer. Es fehlte nur noch die Sonnenbrille. Er nahm die Kassette wortlos mit der Linken entgegen, salutierte und schlug die Hacken zusammen, dass es jedem Drillsergeant eine wahre Freude gewesen wäre. Dann schloss sich die Tür wieder.

Beckmann wollte es immer noch nicht glauben. Der Schweiß, der sich in den letzten Minuten auf seiner Stirn gesammelt hatte, begann allmählich zu trocknen. Während man gemeinsam darauf wartete, dass sich die Tür wieder öffnen und Hansen mit dem Protokoll erscheinen würde, sagte Brandauer:

»Darf ich Ihnen noch etwas mit auf den Weg geben, Herr Beckmann?«

»Aber klar doch.«

»Sie müssen wissen, meine Kollegen sagen mir zuweilen nach, dass ich über hellseherische Fähigkeiten verfüge.«

»Ach was.«

»Ich nutze so manche Gelegenheit gern, um mich darin zu üben, wenn Sie verstehen, was ich meine. Ich könnte Ihnen zum Beispiel vorhersagen, wie der Rest Ihres heutigen Tages ablaufen wird.«

»Ach ja?«

»Genau. Und Sie könnten mir, wenn Sie so freundlich wären, zum Beispiel morgen nach dem Frühstück zurückmelden, ob ich recht hatte. Was halten Sie davon, Herr Beckmann?«

Brandauer sah Beckmann lächelnd an und wartete auf die alles entscheidende Reaktion. Beckmann überlegte ... und überlegte ... und überlegte. Der Kommissar zählte die Sekunden: ...1 ... 2 ... 3 ... 4 ... 5. Beckmanns Gesicht war wie versteinert. Dann zwang er sich erfolgreich zu einem kurzen Lächeln.

»Sie machen mich neugierig, Herr Kommissar.«

»Sehen Sie, das dachte ich mir doch. Ich knüpfe aber eine kleine Bedingung an diesen Service.«

»Und die wäre?«

»Sie lassen mich, ohne mich zu unterbrechen, erzählen.«

Beckmann wirkte wieder verunsichert. Wahrscheinlich fragte er sich, ob er sich auf das Spielchen einlassen sollte, letztendlich aber siegte die Neugier. Er zwang sich erneut zu einem Lächeln und sagte:

»Na dann schießen Sie mal los.«

Brandauer ging zum Tisch zurück und setzte sich. Da Beckmann sich nicht von der Stelle gerührt hatte, zeigte der Kommissar auf den freien Stuhl ihm gegenüber und wartete, bis auch Beckmann wieder Platz genommen hatte.

»Super! Dann verrate ich Ihnen mal, was Sie erwartet, wenn Sie jetzt nach Hause kommen:

Vor Ihrer Eingangstür wird Sie ein Empfangskomitee erwarten. Man wird Ihnen Ihre Rechte vorlesen, Ihnen anschließend Handschellen anlegen und Sie abführen.«

Beckmann wollte schon sein Gelübde brechen, aber Brandauer hob blitzschnell seine linke Hand, zum Zeichen des Schweigens und fuhr fort.

»Und sollten Sie sich jetzt fragen, warum wir Sie nicht gleich hierbehalten, will ich es Ihnen gern sagen: Wir warten noch auf den Haftbefehl. Der zuständige

Richter sitzt gerade in einer Verhandlung. Ist aber nur eine Formsache.

Sie wären also binnen kürzester Zeit wieder hier. Mit hoher Wahrscheinlichkeit würden Sie sogar wieder auf dem gleichen Stuhl sitzen.«

Wieder wollte Beckmann intervenieren. Erneut schnellte Brandauers Hand hoch.

»Man wird Ihnen vorwerfen, in der Nacht von besagtem Samstag auf Sonntag gegen zwei Uhr vor dem Schloss Neuhardenberg Frau Wiebke Schirrmacher in Ihr Auto gelockt zu haben, mit der Absicht, sie zu entführen und zu vergewaltigen – vielleicht sogar, sie zu ermorden.«

Der Kommissar hatte den Satz noch nicht beendet, da sprang Beckmann auf, dass sein Stuhl hörbar nach hinten schnellte und umkippte. Er selbst drehte sich blitzschnell zur Wand und blieb dort regungslos stehen.

Brandauer hatte diese Reaktion schon einige Male persönlich bei Verdächtigen beobachten können, die sich aus dem Nichts mit einer Straftat konfrontiert sahen. Und in jedem der Fälle war der Beschuldigte im Nachhinein auch der Täter. Es lag wohl daran, dass die konkrete Konfrontation mit der Tat, zumal, wenn sie unerwartet erfolgte, die Gesichtszüge des Täters so entgleisen ließ, dass er dies unbedingt glaubte, verbergen zu müssen.

Jetzt war es wichtig, Beckmann nicht so viel Zeit zum Nachdenken zu lassen, dass er sich eine Strategie zurechtlegen konnte. Also fuhr Brandauer fort:

»Frau Schirrmacher hat den Braten gerochen und ist auf der B167, kurz hinter Kunersdorf, aus dem Wagen gesprungen, um zu fliehen. Vermutlich hat sie vorher die Zündung Ihres Trucks ausgeschaltet, damit der Wagen langsamer wird und sie sich beim Rausspringen nicht alle Knochen bricht. So hätte ich das jedenfalls gemacht.«

Wieder unterbrach Brandauer seinen Vortrag. Beckmann stand noch immer mit dem Gesicht zur Wand da.

»Sie haben Ihren Wagen irgendwie zum Stehen gekriegt, was ja ohne Servolenkung und Bremskraftverstärker nicht ganz einfach ist, sind rausgesprungen und der Schirrmacher hinterhergerannt. Auf dem Feld, neben der Landstraße haben Sie sie eingeholt, niedergerissen und zum Fahrzeug zurückgezerrt.«

Erneut machte der Kommissar eine Pause. Beckmann hatte sich inzwischen umgedreht, den Stuhl aufgehoben und sich wieder gesetzt. Er hatte seine Gesichtszüge wieder im Griff und mimte den völlig Unbeeindruckten. Auch das war nicht untypisch. Brandauer fuhr fort.

»In der Zwischenzeit ist besagter Toyota in Ihren Dodge gerast, hat sich mehrfach überschlagen und ist schließlich auf der anderen Straßenseite auf dem Acker gelandet.

Autsch! Das war so nicht geplant. Was nun? Sie konnten es sich nicht leisten Hilfe zu holen, weil Ihre Entführung sonst aufgeflogen wäre.

Dadurch machten Sie sich auch noch der unterlassenen Hilfeleistung mit Todesfolge schuldig. Was Sie nicht wussten, war, dass der Fahrer überlebt hatte.«

Das war jetzt nicht die reine Wahrheit, aber es war für Brandauers weiteres Vorgehen wichtig, Beckmann in dem Glauben zu lassen, dass es jemanden gab, der den ganzen Vorgang beobachtet hatte und bezeugen kann.

»Sie haben die junge Frau gezwungen, wieder einzusteigen. Ihr Wagen war trotz der Beschädigung offensichtlich noch fahrbereit. Anschließend sind Sie mit ihr an einen anderen Ort gefahren, um sich an ihr zu vergehen. Sie haben sie zunächst gewürgt und dann mit einem stumpfen Gegenstand erschlagen und anschließend desinfiziert, um alle Spuren der Tat zu beseitigen.«

Noch immer sah Beckmann an die Decke und lehnte sich dabei so weit zurück, dass er nur auf den Hinterbeinen seines Stuhls wippte.

»Schließlich entsorgten Sie die Leiche irgendwo. Somit sind Sie schuld am Tod zweier, eventuell sogar dreier Menschen. Dann nämlich, wenn auch der Fahrer nicht überleben sollte. Zwei Mal wegen unterlassener Hilfeleistung mit Todesfolge, ein Mal wegen vorsätzlichen Mordes.«

Jetzt lehnte auch Brandauer sich zurück und machte seinem Gegenüber damit deutlich, dass er mit seinem Vortrag fertig war. Eine Zeit lang beherrschte Stille den Raum. Brandauer wusste genau, was jetzt kommen würde, hatte es oft genug erlebt. In Ermangelung eines angemessenen Verhaltensrepertoires schalten die Beschuldigten in der Regel auf cool.

»Und das können Sie alles beweisen?«

»Muss ich gar nicht.« Brandauer grinste unmerklich.

Jetzt lachte Beckmann lauthals. Auch das war nur der Versuch, der aufgestauten Angst ein Ventil zu geben. Aber es war nicht das Lachen eines Unschuldigen, der sich über den absurden Vortrag seines Gegenübers amüsierte.

»Der war gut! Und wie kommen Sie darauf, dass Sie das nicht beweisen müssen?«

Brandauer drehte sich zu Beckmann hin und sah im lange und tief in die Augen.

»Weil Sie's gestehen werden.«

»Das wird ja immer besser. Und warum sollte ich den Quatsch gestehen?«

»Weil das Ihre einzige Chance ist, das zu erwartende Strafmaß beträchtlich zu mindern.«

»Da ich mit der Sache nichts zu tun habe, können Sie sich das abschminken, Herr Kommissar. Für den Blödsinn suchen Sie sich mal einen anderen.«

Beckmann stand auf und machte Anstalten zu gehen. Der Kommissar ließ ihn gewähren, wohlwissend, dass sich die Tür des Vernehmungsraumes eh nur von außen öffnen lassen würde.

»Sie verletzen unsere Abmachung, Beckmann! Ich war noch nicht fertig. Möchten Sie schon gehen? Oder sind Sie daran interessiert zu erfahren, wie es weitergehen wird?«

Beckmann steckte seine Hände in die Hosentaschen und ging an der Wand mehrfach wie ein unruhiger Tiger auf und ab. Schließlich riss er seinen Stuhl an der Lehne zurück und setzte sich wieder.

»Dass Sie Ihren Wagen vor einigen Tagen verkauft haben, nehme ich Ihnen gern ab. Es war die einzige Möglichkeit, die Sie hatten, um nicht mit dem Unfall in Verbindung gebracht werden zu können. Besser wäre es allerdings gewesen, Sie hätten ihn gleich verschrotten lassen.«

Beckmann verschränkte wie ein trotziges Kind die Arme und starrte die Decke an.

»Was hatten Sie gesagt, warum Sie Ihren Wagen verkauft haben?«

»Er war im Arsch, hatte Motorschaden.«

»War es nicht vielleicht doch eher ein Unfallschaden hinten links, denken Sie noch mal drüber nach, Herr Beckmann.«

»Er hatte Motorschaden, das werde ich ja wohl besser wissen.«

»So etwas passiert ja in den seltensten Fällen vor der eigenen Haustür, oder? Wo haben Sie denn gemerkt, dass der Motor seinen Geist aufgibt?«

»Weiß ich nicht mehr.« Beckmann wurde langsam unruhig. »Ich glaube in der Nähe von Falkenberg.«

»Und was haben Sie dann gemacht?«

Beckmann zuckte mit den Schultern und überlegte, was er erwidern sollte.

»Ich habe ihn nach Hause schleppen lassen.«

»Na, das ist doch prima! Das hätte ich nämlich auch getan. Dann können Sie mir ja sicherlich auch sagen, welche Firma ihn abgeschleppt hat.«

»Das weiß ich doch jetzt nicht mehr.«

»Nicht? Wann ist denn das passiert?«

»Ist schon eine Weile her.«

»Und was ist bei Ihnen eine Weile?«

»Was weiß ich, ein paar Wochen.«

»Und Sie glauben allen Ernstes, dass wir zu blöd sind, jemanden zu finden, der uns bestätigt, dass Sie noch letzte Woche mit dem Wagen gefahren sind? Wahrscheinlich würde es schon reichen, wenn wir Ihre Frau fragen. Wollen wir das mal machen?«

Beckmann wirkte allmählich gereizt. Für Brandauer ging es nun darum, ihn solange mit allen nur denkbaren Schwachstellen zu konfrontieren, bis er einknicken würde.

»Wir haben am Unfallfahrzeug schwarze Lackspuren sicherstellen können. Es war nicht der Originallack, wie wir festgestellt haben. Offensichtlich hatten Sie an Ihrem Fahrzeug schon einmal Ausbesserungen vorgenommen und dann die ausgebesserte Stelle überlackiert.

Könnte es eventuell sein, dass Sie dabei die Lackdose nicht aufgebraucht haben und wir sie in ihrer Garage finden werden?«

Der Kommissar hielt mit seinem Vortrag inne und beobachtete Beckmanns Reaktion. Er hatte im Laufe der Zeit ein Gespür dafür entwickelt, zu erkennen, wann er einen Verdächtigen auf dem falschen Fuß erwischt hatte. Doch Beckmann zeigte keine Reaktion. »Was glauben Sie eigentlich, wie wir auf Sie gekommen sind, Beckmann.«

»Das würde mich auch mal interessieren, Herr Kommissar.«

»Die Dating-Plattform, Beckmann, die Dating-Plattform! Nachher werden sich Kollegen von der Spurensicherung damit beschäftigen, Ihren Computer auseinanderzunehmen. Was glauben Sie, werden sie auf Ihrer Festplatte finden? Vielleicht den Chat, den Sie mit der Ermordeten hatten?«

Auch hier zeigte er keine Reaktion. Möglich, dass Beckmann direkt nach der Tat versucht hatte, alles was ihn mit der Schirrmacher in Verbindung gebracht hatte von seinem Computer zu entfernen.

»Manchmal macht man sich übrigens erst durch die Beseitigung von Beweisen verdächtig, Beckmann. Wussten Sie das?«

»Ach ja?«

»Wenn die Polizei zum Beispiel jemanden sucht, bei dem zu Hause der Wasserhahn tropft und sie findet bei der Hausdurchsuchung eines Verdächtigen keinen Wasserhahn vor, weil alle Hähne erst vor Kurzem demontiert wurden, dann ist das eher nicht entlastend.«

Ein gequältes Lächeln machte sich auf Beckmanns Gesicht breit.

»Und was soll der Quatsch jetzt wieder?«

»Will sagen, wenn unsere Techniker feststellen sollten, dass sämtliche Browserdaten vor besagtem Sonntag gelöscht worden sind, dann wäre das zwar schade, aber dann würden wir uns natürlich fragen, warum ausgerechnet vor jenem Sonntag.«

Wieder war keine Reaktion zu sehen. Aber Beckmann mied konsequent den Blickkontakt mit Kommissar Brandauer.

»Aber Sie werden ja schon mal in irgendeinem *Tatort* gesehen haben, dass Spezialisten heutzutage kein Problem damit haben, einen gelöschten Browsercache wieder zum Leben zu erwecken, oder?«

Brandauer zwinkerte verschmitzt, als Beckmann ihn kurz von der Seite ansah. Das war jetzt der Zeitpunkt für eine kurze Pause. Brandauer merkte, wie es in Beckmanns Gehirn anfing zu arbeiten.

Er konnte ja überhaupt nicht damit gerechnet haben, dass man ihm auf die Schliche kommen würde. Es gab keine Zeugen – zumindest dachte er das. Das Auto konnte er so abstoßen, dass es unauffindbar war – wäre er nicht so blöd gewesen, die Polizei gestern selbst hinzuführen. Und dass man die Leiche bereits gefunden hatte, wusste er auch noch nicht.

Von daher wird er sich jetzt, nachdem er gestern erfolgreich seinen Truck abgefackelt hatte, fragen, ob er auch alle anderen Beweise erfolgreich vernichtet hatte oder ob er doch irgendetwas übersehen hatte. Brandauer wollte ihm gern dabei behilflich sein.

»Anderes Beispiel, Beckmann. Wenn wir bei Ihrem Truck auf die Idee kämen, den Motor auf irgendwelche Schäden hin untersuchen zu wollen, und nur noch ein ausgebranntes Wrack vorfänden, würde uns das mehr als stutzig machen. Wobei – selbst dann ließe sich wahrscheinlich noch feststellen, ob der Motor einen Defekt hatte, bevor das Fahrzeug abgefackelt wurde oder nicht.

Übrigens war die polnische Feuerwehr relativ schnell vor Ort. Vielleicht hätten Sie noch ein wenig warten sollen, um sich zu vergewissern, dass der Wagen wirklich vollständig ausgebrannt ist.«

Ein plötzlicher Ruck ging durch Beckmann. Er musste sich regelrecht zwingen, Brandauer nicht anzusehen.

»Haben Sie eigentlich mitbekommen, dass Sie Ihrem Opfer auf dem Acker eine Halskette abgerissen haben? Wahrscheinlich nicht. Es war ja stockdunkel. Bei einer solchen Aktion hinterlässt man schnell mal seine DNA oder einen Fingerabdruck, zum Beispiel auf dem Anhänger der Kette.«

Man sah förmlich, wie Beckmann sich das Geschehen noch einmal versuchte, in Erinnerung zu rufen. Brandauer ließ ihm dafür noch etwas Zeit. Nach einer Weile setzte er seine Zermürbungstaktik fort.

»Sie hätten sich lieber die Zeit nehmen sollen, nach den Schuhen, die das Opfer auf seiner Flucht verloren hatte, zu suchen. Hätten wir die nicht gefunden, wären wir nie auf die Idee gekommen, dass wir es mit einem Tatort zu tun haben.«

Beckmann wurde zusehends nervöser. Das Wippen seines Fußes schaukelte sich langsam so auf, dass er die Bewegung nicht mehr kontrollieren konnte.

»Wie siehts mit Ihren Schuhen aus? Haben Sie die Sohlen auch schön sauber gemacht, oder finden wir da etwa Erdreste aus dem Waldstück, wo Sie Frau Schirrmacher abgelegt haben?«

Beckmann versuchte sich zu erinnern, ob er daran gedacht hatte und wo die Schuhe jetzt überhaupt sind. Das jedenfalls meinte Brandauer dem unruhigen Blick seines Gegenübers entnehmen zu können.

»Haben Sie auch bedacht, Ihre Einfahrt mit dem Kärcher gründlich zu säubern? Die Erde aus dem Waldweg hatte sich bestimmt auch im Profil der Reifen Ihres Wagens festgesetzt. Immerhin hatte es die Tage davor mächtig geregnet. Der Boden war völlig durchweicht. Wenn die Erde dann im Profil der Reifen anfängt zu trocknen, verdichtet sie sich und bröselt Stück für Stück aus den Profilrillen. Wenn sich da mal nicht was auf Ihrer Einfahrt aus den Reifenprofilen gelöst hat.

Wenn ich mich recht erinnere, hat es seitdem nicht mehr geregnet. Wir könnten uns darum kümmern, mal gründlich auf Ihrer Auffahrt sauber zu machen.«

Brandauer war inzwischen derjenige, der tiefenentspannt an die Decke sah. Er hatte bereits das Gefühl, Beckmann erwischt zu haben. Jetzt fing der Kommissar an zu kippeln.

»Wir werden doch bei Ihnen zu Hause im Küchenschrank unter der Spüle nicht etwa das gleiche Desinfektionsmittel finden, das Sie zur Reinigung der Leiche verwendet haben?«

Brandauer sah Beckmann an. Zum ersten Mal trafen sich Ihre Blicke.

»Benutzen Sie in Ihrem Haushalt eigentlich die gleichen Müllsäcke, die Sie zum Transport der Leiche verwendet haben? Ich bin mir zwar sicher, dass wir da keine Fingerabdrücke von Ihnen finden werden, weil Sie Handschuhe trugen, stimmt's? ... Aber vielleicht finden wir ja die Fingerabdrücke von Ihrer Frau? Die Tüten kamen von der Rolle, wie Sie ja selbst wissen. Man erkennt es an der Perforation am Ende der Tüte. Und immer, wenn man eine Tüte löst, hinterlässt man auf dem Rest der Rolle ganz automatisch seine Fingerabdrücke. Oder trägt Ihre Frau bei der Küchenarbeit auch immer Handschuhe?«

Der Kommissar sah Beckmann fragend von der Seite an und machte dann eine abwinkende Handbewegung.

»Aber seien Sie unbesorgt, wir würden in dem Fall eher nicht Ihre Frau verdächtigen, Beckmann.«

Brandauer grinste. Beckmann war nicht mehr zum Grinsen zumute. Dann zeigte der Kommissar auf Beckmanns Hände und sagte:

»Haben Sie sich auch schön die Fingernägel sauber gemacht, nachdem Sie Ihr Opfer entsorgt haben, oder sollten wir das hier gleich mal nachholen? Unsere Maniküre hat einen erstklassigen Ruf!«

Wieder grinste Brandauer den Verdächtigen an.

»Ich könnte noch 'ne Stunde so weiter machen, Beckmann. Irgendwann werden Sie feststellen: ‚*Autsch, daran habe ich nicht gedacht!*‘ ... Wenn Sie's nicht bereits festgestellt haben.«

Brandauer hielt den Blickkontakt so lange, bis Beckmann woanders hinsah. Jetzt wusste er, dass er so weit war, und bereitete alles für das Finale vor.

»Wollen Sie vielleicht eine rauchen?«

Brandauer schob ihm mit dem Zeigefinger seiner rechten Hand die Zigarettenschachtel so hin, dass sie direkt vor seiner Nase lag. Er wusste nicht, ob Beckmann Raucher war, aber es war einen Versuch wert.

Beckmann starrte die Schachtel eine Weile an, dann griff er zu, nahm sich eine Zigarette, zündete sie an und legte das Feuerzeug wieder zurück auf die Schachtel. Er nahm einen tiefen Zug und sah den Kommissar mit eiskaltem Blick an.

»Sie können mich mal!«

»Ich werde Sie ..., ich werde Sie, mein Lieber! Dessen können Sie sicher sein, Beckmann!«

Brandauer zog die Schachtel mit Daumen und Zeigefinger langsam wieder zu sich heran.

»Sie gestatten doch, dass ich mir auch eine nehme?«

Er nahm sich selbst eine Zigarette, griff in seine Hosentasche und holte ein zweites Feuerzeug hervor, mit dem er sich seine Kippe ansteckte. Dann nahm er genussvoll einen tiefen Zug und blies Beckmann den Rauch aufreizend langsam ins Gesicht.

»Und nun, Beckmann, will ich Ihnen verraten, warum wir uns den ganzen Quatsch wahrscheinlich hätten sparen können.«

Ganz langsam bewegte Brandauer seine rechte Hand in Richtung Zigarettenschachtel und zeigte mit dem Zeigefinger auf das Feuerzeug, mit dem sich Beckmann seine Zigarette gerade angezündet hatte.

»Was glauben Sie, wäre das Ergebnis, wenn ich die Fingerabdrücke, die Sie soeben auf diesem Feuerzeug hinterlassen haben, mit denen vergleichen lasse, die wir auf dem Feuerzeug gefunden haben, das Sie auf dem Acker beim Zweikampf mit Wiebke Schirrmacher verloren haben?«

Beckmann riss den Kopf rum, starrte auf das Feuerzeug und dann in Brandauers Gesicht.

»Upps, erwischt!«, entfuhr es Brandauer.

Der Kommissar sah, wie es in Beckmanns Gehirn arbeitete, wie ihm klar wurde, dass er aus der Nummer nicht mehr rauskam, dass er verloren hatte. Das Spiel war aus!

Beckmann sah abwechselnd an die Decke, an die gegenüberliegende Wand und zu Brandauer. Der Kommissar holte langsam einen Asservatenbeutel aus der Tasche, steckte eine Hand hinein, griff nach dem Feuerzeug und stülpte den Beutel um, sodass das Feuerzeug darin zu liegen kam. Dann erhob er sich, ging zur Tür und klopfte drei Mal.

Die Tür ging auf und Hansen erschien wieder. Diesmal in weißer Montur, mit Kopfhaube, großer Kunststoffbrille, Gesichtsmaske und Handschuhen bekleidet. Brandauer hatte Mühe, sich das Lachen zu verkneifen, während er ihm wortlos den Beutel überreichte.

Der Kommissar hatte Hansen nur gebrieft, sich darauf einzustellen, auf sein zweites Klopfzeichen hin ein wichtiges Beweisstück entgegenzunehmen, ohne seine Fingerabdrücke darauf zu hinterlassen. Hansen versuchte, das Beste daraus zu machen.

»Kann aber ein paar Minuten dauern, Herr Hauptkommissar.«

»Kein Problem, wir haben ja Zeit.«

Brandauer ging zurück zum Tisch und nahm wieder Platz. Er bemühte sich, mit seiner gesamten Körperhaltung das eben Gesagte zu unterstreichen.

»Tja, damit wäre ich eigentlich fertig, Beckmann. Wenn jetzt hier in wenigen Minuten wieder die Tür aufgeht und die Kollegen bestätigen, dass die Fingerabdrücke auf den beiden Feuerzeugen identisch sind, dann war's das, Beckmann.

Und wenn Sie bis dahin nicht auf die Idee gekommen sind, ein Geständnis abzulegen, ... dann war's das auch mit der Strafminderung, Beckmann! Dann werde ich Ihr Geständnis nämlich nicht mehr akzeptieren, weil Sie dann nämlich überführt worden sind, verstehen Sie Beckmann?«

Brandauer erhob sich, griff sich seinen Stuhl, ging damit um den Tisch und stellte ihn neben dem von Beckmann ab. Dann setzte er sich wieder. Nun saßen sie beide nebeneinander wie zwei Pennäler auf der Schulbank und hatten die Tür im Blick.

»Ich hatte vorhin behauptet, hellsehen zu können, Beckmann. Es wäre jetzt ein Leichtes für Sie, mich der Hochstapelei zu überführen und mir zu beweisen, dass der Rest Ihres Lebens doch anders verlaufen wird, sollten Sie sich jetzt nämlich entscheiden, gleich hierzubleiben und ein umfassendes Geständnis abzulegen.

Ich würde Ihnen in dem Fall entgegenkommen und Ihnen zusichern, dass später im Protokoll zu lesen sein wird, dass Sie aus freien Stücken zu uns gekommen sind und all Ihre Aussagen aus freiem Willen erfolgten und nicht das Ergebnis einer Vernehmung waren, verstehen Sie, Beckmann?

Ich müsste das nicht tun, Beckmann, aber irgendetwas sagt mir, dass Sie selbst auch nur Opfer widriger Umstände wurden.

Entscheiden Sie jetzt! Lebenslang oder, die nötige Reue vorausgesetzt, vielleicht in zehn Jahren wieder frei.«

Brandauer sah zu Beckmann hinüber. Die Blicke beider trafen sich. Waren das Tränen?

»Überlegen Sie sich das gut, Beckmann.«

Nach fünf Minuten gemeinsamen Schweigens, in denen nichts passiert war, zündete sich Brandauer eine neue Zigarette an und hielt Beckmann die Schachtel hin.

»Ich höre Schritte, Beckmann. Sie müssen sich jetzt entscheiden!«

Kapitel 18

Als Brandauer eine halbe Stunde später sein Büro betrat, war die Neubert wieder zurück und saß hinter ihrem Monitor. Sie unterbrach ihr virtuoses Fingerspiel für einen Moment, sah zu ihm auf und fragte:

»Wo hast du gesteckt, Chef?«, um gleich darauf wieder ihre Finger über die Tastatur fliegen zu lassen.

»Ich war eine rauchen.«

Die Neubert sah auf die Uhr, die über der Tür hing. Selbst das, ohne mit dem Tippen aufzuhören.

»So lange?«

Brandauer hatte sich auf seinen Stuhl gesetzt, verschränkte die Hände hinter dem Kopf und lehnte sich entspannt zurück.

»Hab dem Beckmann die Zukunft vorhergesagt.«

»Die da wäre?«

»Ach, das ist 'ne lange Geschichte. Außerdem lag ich völlig falsch. Es kam ganz anders.«

»Die Zukunft kam also ganz anders. Na das klingt ja mal spannend.«

»War es auch!«

Jetzt hörte sie doch mit dem Tippen auf und beugte sich neugierig nach vorn.

»Was ist denn in der Zukunft alles passiert? Schade, da wäre ich gern dabei gewesen. Oder kann ich das noch nachholen? Immerhin müsste ja die Zukunft eigentlich erst demnächst anfangen, oder?«

Sie schüttelte lachend den Kopf und begann wieder zu tippen. Offensichtlich konnte sie gleichzeitig schreiben, während sie sich unterhielt. Jedenfalls schrieb sie auch im weiteren Verlauf des Gesprächs weiter. Brandauer konnte nicht einmal das eine richtig. Selbst, wenn er sich nur darauf konzentrierte.

»Tja, leider warst du nicht da«, sagte er, »und ich hatte keine Lust mehr, zu warten.«

»Und deswegen hat die Zukunft ohne mich stattgefunden? Das war aber gar nicht nett von dir, Chef! Wie fand denn Beckmann seine Zukunft?«

»Er war so wenig begeistert, dass er sich entschlossen hat, sie zu ändern.«

»Und wie hat er das gemacht?«

Erneut unterbrach sie ihr Tippen, beugte sich vor und fragte:

»Kommt jetzt als Nächstes die Nummer mit dem Fluxkompensator, Chef?«

Brandauer lachte, machte eine künstlerische Pause und holte dann zum großen Paukenschlag aus:

»Nee, es ging auch ohne.«

Und nach einer weiteren Zäsur sagte er dann:

»Er hat gestanden.«

Jetzt hörte die Neubert doch auf zu schreiben und sah ihn ungläubig an.

»Du spinnst!«

»Nein«, lachte Brandauer. »Er hat ein vollständiges Geständnis abgelegt.«

Die Neubert schlug die Hände vors Gesicht.

»Wie hast du das denn geschafft?«

»Ich hab ihn mit allen Beweisen konfrontiert, die wir nicht hatten, und da ist er eingeknickt. Schuldig – aus Mangel an Beweisen, sozusagen.«

»Nicht zu fassen. Hast du's schriftlich?«

»Schriftlich und aufgezeichnet! Und das Beste daran ist, es war gar keine Vernehmung nötig.«

»Hä? Das soll einer kapieren.«

»Er hat unterschrieben, dass er aus eigenem Antrieb gekommen ist, weil er mit der Schuld, die er auf sich geladen hat, nicht mehr klarkam.«

Beide sahen sich eine Zeit lang wortlos an und man sah ihren Gesichtern an, dass sie überlegten, ob es ein Grund zur Freude war. Immerhin hatten drei Menschen auf brutale Weise ihr Leben lassen müssen.

Brandauer kam nicht umhin, der Neubert genau zu erzählen, wie es zu dem Geständnis kam.

»Die Geschichte, die Beckmann zum Besten gab, hatte etwas Tragisches«, begann er zu erzählen.

»Er war, wie er meinte, eher zufällig auf die Dating-Plattform geraten und hatte nur aus Jux einen Chat mit Wiebke Schirrmacher begonnen, weil ihr Profilname ihn angemacht hatte.

Beckmann ist der Typ Mann, der als Heranwachsender nur frustrierende Erfahrungen mit Mädchen gemacht hatte. Sie ließen ihn mit großer Regelmäßigkeit abblitzen, sodass er sich schon früh nicht mehr darum bemühte, eine Freundin zu finden. Seine Frau

lernte er mit 23 Jahren auf einem Erntefest in Blies-
dorf kennen. Und auch das nur, weil sie ihn zum
Tanzen aufgefordert hatte. Also hat er sie geheiratet.

Die Beziehung der beiden hatte sich schnell zu
einer Art Zweckgemeinschaft entwickelt. Für seine
Frau war er derjenige, der ihr finanzielle Sicherheit
gab. An einem zärtlichen Miteinander war sie von
Anfang an nicht sonderlich interessiert. Er hatte das
frustriert zur Kenntnis genommen und sich irgendwann damit abgefunden.

Der Chat mit Wiebke Schirrmacher gab ihm zum
ersten Mal in seinem Leben das Gefühl, begehrt zu
werden. Über drei Monate hatten sie intensiven Kontakt im Chatroom. Als er merkte, dass er im Begriff
war, ihr zu verfallen, wollte er den Kontakt beenden,
aber sie meldete sich immer wieder.

Wiebke Schirrmacher hatte ihn dann vor etwa zwei
Wochen dazu gedrängt, dass man sich treffen sollte.
Aber da er seinem Internetavatar ein Aussehen und
Eigenschaften angedacht hatte, mit denen er in der
Realität nicht mithalten konnte, traute er sich nicht, ihr
unter die Augen zu treten.

Doch nahe sein wollte er ihr – wenigstens ein Mal.
Deshalb ließ er sich auf ein Treffen ein. Er hatte in der
Zeitung die Ankündigung des Jazzkonzertes gelesen
und ihr den Vorschlag gemacht, sich dort zu treffen.
Am Eingang hatte er zunächst auf sie gewartet, doch
als er sie sah, verließ ihn der Mut. Er hatte schon
überlegt, einfach wieder nach Hause zu fahren, doch
dann war ihr doch gefolgt und hatte sich direkt hinter

sie gesetzt und sie über Stunden beobachtet, ohne dass sie ihn auch nur ein einziges Mal angesehen hatte.

Dann kam ihm der Gedanke, die Weichen des Schicksals so zu stellen, dass er später die Möglichkeit hatte, sie mit seinem Wagen nach Hause zu bringen. Als sie einmal für kurze Zeit aufgestanden war, um sich etwas zu essen zu besorgen, kam ihm die Idee, mit dem Autoschlüssel. Er nahm ihn an sich, verließ kurz vor ihr das Gelände und wartete draußen auf sie. Vielleicht würde sie ja wenigstens auf sein Auto abfahren, dachte er. Aber nicht einmal das tat sie. Sie war einfach nur verzweifelt und wollte nach Hause.

Es gelang ihm, sie dazu zu bringen, einzusteigen. Sie hatten sich auf der Fahrt sogar ganz nett unterhalten, so nett, dass er all seinen Mut zusammennahm und ihr gestand, dass er derjenige sei, mit dem sie gechattet hatte. Als sie das hörte, rastete sie aus und beschimpfte ihn übelst. Er griff mit der Hand nach ihr, um sie zu beruhigen, erwischte dabei aber versehentlich ihren nackten Oberschenkel.

Da schlug sie plötzlich um sich und schrie ihn an, er solle sofort anhalten. Als er nicht gleich reagierte, griff sie ihm ins Lenkrad. Der Wagen geriet ins Schlingern und er bremste ihn ab. Dann merkte er, dass sie die Beifahrertür aufriss und aus dem Auto sprang. Er brachte seinen Truck irgendwie zum Stehen, stieg aus und lief ihr nach. Er wollte sie noch immer beruhigen und sie auf keinen Fall allein in der Dunkelheit zurücklassen. Aber sie wehrte sich nach

Kräften und schlug weiter um sich, als er sie am Arm zu fassen gekriegt hatte. Ihr Schreien wurde immer lauter. Und als er hörte, dass sich ein Auto näherte, verlor er die Nerven, riss sie zu Boden, um nicht entdeckt zu werden, und hielt ihr den Mund so lange zu, bis sie aufhörte zu schreien und bewusstlos war.

Er trug sie zurück zum Wagen und versuchte, sie auf den Beifahrersitz zu setzen. Aber das klappte nicht, weil sie in sich zusammensackte. Da legte er sie auf die Plattform seines Trucks. Er suchte in seinem Werkzeugkasten nach einem Tape und fesselte ihre Hände und Füße, damit sie – wenn sie wieder zu sich kommen würde – nicht erneut während der Fahrt von der Ladefläche springen und sich lebensgefährlich verletzen würde. Gerade hatte er die Plane über sie gedeckt, als der Toyota in seinen Wagen krachte und ihn von der Straße schob.

Im Augenwinkel konnte er sehen, wie das Auto sich um den Baum auf der anderen Straßenseite wickelte und sich anschließend mehrfach überschlug. Das sah so grauenvoll aus, dass er sich absolut sicher war, dass die Insassen den Unfall nicht überlebt hatten. Eine Höllenangst packte ihn. Er stieg in seinen Truck und sah zu, dass er da so schnell wie möglich wegkam.

Beckmann hatte mitgekriegt, dass die Schirrmacher sich bei ihrem Fluchtversuch verletzt hatte. Auf dem Acker war dann auch noch viel Dreck in die Wunden gelangt. Er ist deshalb zu sich nach Hause, um Desinfektionsmittel zu holen und die Wunde zu reinigen.

Er hat das Mittel großflächig auf die offenen Stellen gekippt und mit einem Lappen ihren Körper versucht, von dem Schmutz zu befreien. Eigentlich hatte er vor, die Schirrmacher nach Hause zu fahren, aber dann merkte er nach genauerem Hinsehen, dass sie nicht ohnmächtig, sondern tot war. Offensichtlich war sie bei dem Aufprall des Toyotas mit dem Kopf gegen die Bordwand der Ladefläche des Wagens geschlagen und hatte sich das Genick gebrochen.

Er war wie gelähmt. Er überlegte, zur Polizei zu fahren, befürchtete aber, dass man ihm seine Geschichte nicht abnehmen würde. Da hat er die Panik gekriegt, zwei Mülltüten von der Rolle abgerissen und ist direkt weiter gefahren, ohne ein konkretes Ziel vor Augen zu haben. Er wusste nur, dass er den Leichnam loswerden musste.

Nachdem er eine Weile gefahren war, ist er irgendwo in einen Wald abgebogen. Da hat er mindestens eine Stunde gestanden und verzweifelt darüber nachgedacht, was er machen soll.

Inzwischen wurde es langsam hell. Dann hat er sich die Schirrmacher über die Schulter gelegt und ist mit ihr noch ein stückweit in den Wald hineingelaufen. Irgendwo hat er sie dann abgelegt, ihr eine der Mülltüten über den Kopf gezogen und eine über den Unterkörper.

Danach hat er mit dem Spaten, den er immer im Truck zu liegen hatte, eine Art Grab ausgehoben und sie hineingelegt. Er legte ihr noch einen Fichtenzweig in die gefalteten Hände, sprach ein kurzes Gebet und bedeckte sie zu guter Letzt mit Laub. Er hat noch einige Zeit an ihrem Grab Wache gehalten und ist dann zu seinem Wagen zurück. Als er sich den Heckschaden genauer ansah, wurde ihm klar, dass er auch den loswerden musste. Er fuhr noch einmal zurück nach Hause, hievte sein Moped auf die Ladefläche, und fuhr über die polnische Grenze.

An der erstbesten Autowerkstatt hat er dem Besitzer den Truck dann zum Verkauf angeboten. Da er den Fahrzeugbrief nicht dabei hatte, sagte man ihm, dass man nur mit den Einzelteilen etwas anfangen könne, und bot ihm 1000 Euro an.

Beckmann willigte ein und fuhr mit dem Moped zurück nach Hause.«

»Mein Gott, was für eine Geschichte!«, sagte die Neubert. »Der kann einem ja schon fast leidtun. Was hat er denn seiner Frau erzählt, wo er die ganze Zeit war?«

»Dass er an seiner Eisenbahnanlage rumgebastelt hat. Und weil es spät geworden war, hat er da geschlafen. Er hat den Raum wohl irgendwo angemietet und zu einem Hobbykeller umgebaut, mit einer Schlafgelegenheit.«

»Und dass er mit dem Truck losgefahren und auf dem Moped zurückgekommen ist, hat sie nicht weiter gewundert?«, hakte die Neubert irritiert nach.

»... hab ich nicht weiter hinterfragt«, gab Brandauer zu. »Keine Ahnung, wie er ihr das verklickert hat.«

Nach einer Weile fragte Brandauer:

»Sag mal Beate, kannst du dich noch erinnern, ob wir auf dem Feuerzeug, das wir auf dem Acker gefunden hatten, Fingerabdrücke sicherstellen konnten?«

»Ich bin mir nicht sicher. Ich glaube, wir konnten sie nicht zuordnen. Warum fragst du?«

»Ach, nur so.«

Dann sah sie den Kommissar an und fragte:

»Übrigens, was wolltest du Janine Krüger vorhin eigentlich noch fragen?«

»Ob ihre Mitbewohnerin Nichtraucherin war.«

»Und? War sie?«

»Nee, leider nicht.«

»Warum, *leider* ?«

»Weil somit auch ihr das Feuerzeug gehört haben konnte, das wir auf dem Acker gefunden haben, ... aber anscheinend war es Beckmanns.«

Die folgenden Minuten waren durch andächtige Stille gekennzeichnet. Dann auf einmal sah die Neubert ihren Chef an und lächelte:

»Na, dann kann ich ja bei Mario einen Tisch bestellen.«

»Kannst du machen, Beate.«

Als die Pizza serviert wurde, griff die Kommissarin nach ihrem Rotweinglas, nahm einen Schluck und sagte:

»Chef, ich würde gern noch einmal zu Uwe fahren und ihm sagen, dass wir den Täter mit seiner Hilfe überführen konnten. Ich glaube, dass er nur darauf wartet, um ruhig von dieser Welt gehen zu können.«

Brandauer nahm einen kräftigen Schluck aus seinem Weißbierglas und erwiderte:

»Tu das Beate, ich denke, er hat es verdient. Schließlich hätten wir den Beckmann ohne ihn nie erwischt. Aber ruf vorher noch in Eberswalde an und sag der Arschgeige, dass er sich den Beckmann abholen kann. ... Oder nee, lass, ich mach's selbst.«

Brandauer konnte sich ein Schmunzeln nicht verkneifen. Zu gern hätte er Geigers Gesicht gesehen, wenn er ihm die Lösung des Falles präsentiert.

Die Kommissarin machte sich gleich am darauffolgenden Tag noch einmal auf den Weg nach Berlin ins Krankenhaus, um Uwe Wertheimer die freudige Botschaft zu überbringen. Die Mutter war gerade da und saß an Uwes Bett, als sie das Zimmer betrat.

Sie sollte sich heute entscheiden, ob sie die Organe ihres Sohnes für eine Transplantation freigeben will oder nicht. Aber sie schien mit dieser Entscheidung überfordert. Die Kommissarin stellte sich ihr vor und musste erstaunt feststellen, dass die Mutter sich sogar noch an sie erinnerte. Sie erzählte in aller Ausführlichkeit, was geschehen war, und nahm sich auch die

Zeit, mit ihr über das Thema Organspende zu sprechen. Am Ende des Gespräches fragte sie Frau Wertheimer:

»Was halten Sie denn davon, wenn wir Ihren Sohn entscheiden lassen, was mit seinen Organen geschehen soll?«

»Aber der Junge kann sich doch gar nicht äußern.«

»Doch kann er, Frau Wertheimer.«

Und dann demonstrierte sie ihr, wie sie in den letzten Tagen mit Uwe kommuniziert hatte, indem sie ihm die Nachricht überbrachte, dass man den Täter überführt hatte.

Behutsam nahm die Mutter Uwes Hand in die ihre und versuchte, irgendeine Bewegung seiner Finger zu erspüren.

»Mein Gott, er versteht uns.« Frau Wertheimer sah die Kommissarin entgeistert an.

»Ihr Sohn hat wahrscheinlich nur noch ein, zwei Tage zu leben, Frau Wertheimer. Ich glaube, die Ungewissheit, was mit der Frau im Truck geschehen ist, war das Einzige, was ihn vom Sterben abgehalten hat.«

Und dann nahm die Mutter all ihren Mut zusammen und fragte ihn:

»Uwe, mein Junge. Da gibt es eine junge Frau, deren Leben du retten könntest. Würdest du ihr dein Herz spenden?«

Sie nahm eine Hand vor den Mund, die andere hielt weiterhin die Hand ihres Sohnes, und beide sahen angespannt auf die Finger dieser Hand.

»Ich glaube, ich habe ein kurzes Zucken seines Daumens gespürt«, sagte die Mutter plötzlich.

Wenige Minuten später war keine Gehirntätigkeit mehr messbar. Nur das Herz wollte nicht aufhören zu schlagen.

Auch nicht im Körper der jungen Frau.

In dem Augenblick, wo ich meinen Körper endgültig verließ, um zu meiner geliebten Svenja zu schweben, die mich mit offenen Armen empfing, begriff ich, was sie meinte, als sie sagte:

»Du musst erst noch die junge Frau retten! Erst dann kannst du zu mir kommen.«